KB157836

# 한국 희곡 명작선 96

중첩

.

한국 희곡 명작선 96

# 중첩

이우천

평민사

히
우
천

중첩

─ 시간과 공간이, 의식과 무의식이, 현실과 비현실이 중첩되다…

**등장인물**

남자 (어린 시절은 다른 배우가 연기하는 것을 검토할 수 있다)
아내
아이 (남자의 어린 시절을 연기한 배우가 맡는다)
누나
여자
황미진
촌장
할멈
수사관
김명탁
최 상병
박 일병
조사관

그 외 학생들, 전경들, 원시인들 다수. 필요에 따라 1人 多役도 가
능하다.

**때**

현재 그리고 과거 또는 그 혼재

**곳**

이곳 그리고 저곳 또는 그 혼재

# 프롤로그1

아이가 죽은 날.

화장터.

[화장중] 이라는 푯말에 불이 들어온다. 그 푯말 아래로 보이는 영정사진.

갓 열한 살쯤 됐을까? 어린아이의 사진이다.

지친 모습의 한 남자. 멍하니 영정사진을 보고 있다. 점점 더 타오르는 불길.

집.

아내가 외출복을 들고 나온다. 방금 샤워를 했는지 두건을 하고 가운을 걸친 채다.

외출복을 침대에 올려놓고 그 옆에 털썩 앉는다. 두건을 풀어 머리의 물기를 턴다.

이때 아내의 눈에 들어오는 침대 머리맡의 사진. 열한 살 정도의 아이다.

사진을 집어 들고 한동안 쳐다보는 아내.

마치 손끝으로 촉감을 느끼듯 사진 속의 아이 얼굴을 어루만진다.

잠시 후, 핸드폰으로 전화를 하는 아내.

화장터의 남자, 전화를 받는다.

**아 내**     끝났어요?

남 자     아직.

아 내     알았어요.

남 자     괜찮아?

아 내     다행이네요. 그렇게 아빠랑 같이 있고 싶어 하더니.

남 자     …?

아 내     마지막을 아빠가 함께 해줘서.

남 자     씨발. 말 그따위로 할래…?


사이.


아 내     끊을게요.


전화 끊는 여자. 마치 수의를 입듯 정성스레 침대 위 외출복을 입는다.

옷을 다 입고 욕실 안으로 들어가는 아내.

의자를 놓고는 그 위로 올라간다. 의자를 발로 차는 아내. 허공에서 발버둥 친다.

잠시 후, 고요해지는 아내. 허공에 떠있는 아내의 종아리 사이로 흘러내리는 소변. 핏빛.

화장터의 남자. 유골함을 들고 아내에게로 간다.

허공에 떠 있는 아내를 발견하는 남자. 가만히 서 있다.

암전.

# 프롤로그2

죽은 아내의 발인 다음날.

출근 중인 남자.

꽉 막힌 출근길. 자꾸 손목시계를 보며 애를 태우는 남자.

여기저기 클랙슨 소리. 남자도 클랙슨. 이때 울리는 남자의 핸드폰.

남자, 발신자를 확인하고는 인상을 쓴다.


**남 자** (전화 받으며) 예, 부장님.


부장 등장.


**부 장** 자네 어디야!

**남 자** 거의 도착했습니다. 회사 앞입니다.

**부 장** 오늘 같은 날 늦으면 어떻게 해!

**남 자** 차가… 생각보다 많이 막히네요….

**부 장** PT자료는 다 된 거야?

**남 자** 네. 어제 다 리허설 했습니다.

**부 장** 내가 뭐랬어. 욕심내지 말고 며칠 휴가 가랬잖아. 뭐야,
이게!

**남 자** 그거랑 관계없습니다… 죄송합니다….

**부 장** 빨리 와!

전화 끊는 부장, 그대로 정지 모션.

계속 정체되는 도로. 도로를 메우는 클랙슨 소리. 남자도 클랙슨.

이때 울리는 전화벨. 남자, 전화를 받는다.

**남 자**   여보세요?


등장하는 여직원.

**여직원**   안녕하십니까? 서울카드입니다. 고객님 이번 달 카드대금
이 연체가 돼서요.

**남 자**   네. 납부할게요.

**여직원**   어떻게 오늘 중으로 가능하실까요, 고객님?

**남 자**   네, 납부할게요.

**여직원**   알겠습니다. 고객님. 오늘 은행 마감시간인 4시 전까지 가
능하실까요?

**남 자**   네, 가능합니다.

**여직원**   아, 네. 감사합니다. 그럼 꼭 좀….


전화를 끊어버리는 남자. 여직원 정지 모션.

더 시끄럽게 도로를 채우는 클랙슨 소리. 이때 또 남자의 핸드폰
이 울린다. 받는 남자.

**남 자**   여보세요?

등장하는 화선생.

**화선생**  아버님 안녕하세요. 여기 미술학원이에요. 선우가 며칠째 학원을 나오지 않아서요. 어머님께 연락을 드려도 전화를 안 받으시구요.

**남 자**  ….

**화선생**  아버님. 선우 무슨 일 있나요? 혹시 어디 아픈가요?

**남 자**  아, 아니요.

**화선생**  원래 학원 빠지는 애가 아니었는데 말도 없이 안 나와서요. 어머님도 연락이 너무 안 되세요.

**남 자**  아, 예. 좀 일이 있었습니다.

**화선생**  아버님. 혹시 선우요, 학원을 옮겼나요?

**남 자**  아닙니다.

**화선생**  아버님, 저희 학원이요, 이번에 인테리어를 새로 해서요….

전화 끊는 남자. 멈추는 화선생.
다시 울리는 전화벨. 커지는 클랙슨 소음. 전화 받는 남자.

**남 자**  여보세요?

등장하는 김 대리.

**김대리**  과장님. 어디세요?

**남 자**  차가 너무 막힌다….

**김대리**  어머, 지금 오시는 중이세요? 부장님이 과장님 회사 앞이
라고 말씀하셨는데.

**남 자**  그게… 있잖아… 미치겠네….

**김대리**  근데, 과장님. 괜찮으세요…? 회사에서 다들 걱정하세
요….

**남 자**  뭐? 쌍으로 초상 치뤘다고?

**김대리**  네?

**남 자**  난 괜찮으니까 제발 다들 자기 삶이나 걱정들 하라 그래!


전화 끊는 남자. 김 대리 정지 모션.

화가 치밀어 오르는 남자. 계속해서 클랙슨 소리.

부장이 전화를 건다. 통신원이 전화를 건다. 여직원이 전화를 건
다. 김 대리가 전화를 건다.

울리는 남자의 핸드폰. 클랙슨을 누르는 남자. 거리를 가득 메우
는 클랙슨 소리.

계속해서 울리는 핸드폰 소리. 남자, 드디어 폭발한다.

조수석 서랍에서 권총을 꺼내 차 밖으로 나오는 남자.

꽉 막혀 있는 도심을 향해 마구 방아쇠를 당긴다.

탕! 탕! 탕! 탕! 시끄럽게 울리는 총성. 쓰러지는 부장, 통신원, 여
직원, 김 대리.

멈추는 전화벨, 클랙슨 소리.

천천히 자신의 관자놀이 쪽으로 총구를 가져가는 남자. 눈물과 땀과 콧물로 범벅.

방아쇠를 당긴다.

암전.

# 1

과거. 남자의 대학생 시절. 펑! 펑! 최류탄이 쏟아지는 거리.
자욱한 연기 속에 보이는 학생1, 2, 3, 4. 서로 팔짱을 낀 채 노래
를 부른다.

**학생들**  긴 밤 지새우고 풀잎마다 맺힌… 콜록! 콜록!

이때 호루라기 소리와 함께 등장하는 백골단1, 2, 3, 4.
학생 1, 2, 3, 4를 무차별 가격하며 제압한다.
학생들을 끌고 가는 백골단. 무대에 울리는 비명소리, 고함소리,
신음소리, 울음소리.
텅 빈 무대.
잠시 후, 끼익 하고 철문이 열리면 수사관 들어온다.
그는 책상에 앉아 배달시킨 자장면을 먹는다.
후루룩 후루룩 자장면 먹는 소리가 적막을 깬다.
이때, 자세히 보니 한쪽 구석에 팬티차림의 남자가 웅크리고 있다.
자장면을 다 먹은 수사관. 물로 입을 헹구고는 팬티차림의 남자
에게로 간다.
수사관이 다가가자 파르르 떠는 남자. 그는 잔뜩 겁에 질려있다.

**수사관**  뭐야. 아직 시작도 안 했잖아.

이때 옆방에서 들리는 비명소리. 둔탁한 매질 소리.

**수사관**    미개한 세상이야. 폭력이 난무하는 세상. 우린 인간인데. 짐승이 아닌데. 다들 왜 그러나 몰라. (야구방망이를 집으며) 자, 우리도 시작해볼까? 책상 위로 올라가.

책상 위로 올라가서 무릎을 꿇는 남자.

**수사관**    자네 골프 알아? 학생이라 모르겠군. (야구배트로 골프 치는 시늉을 하며) 재밌어. 탁 탁 공을 때릴 때마다 아주 짜릿짜릿해. 골프에서 홀인원이라는 게 있어. 한방에 게임을 끝내는 거지. 평생 한번 할까 말까한 행운이랄까? 우리, 오늘 깔끔하게 홀인원 하자. 알았지?

수사관이 배트를 휘두를 때마다 얕은 신음을 내뱉는 남자.

**수사관**    김명탁이 지금 어딨어?

사이.

**수사관**    김명탁이, 지금 어딨어?

사이.

**수사관**  이런 개새끼가 홀인원 하자니까!

남자의 뺨을 때리는 수사관. 나가떨어지는 남자. 수사관, 남자를 향해 야구배트를 휘두른다.

그러나 야구배트는 남자를 피해 책상에 맞고 캐비닛에 맞고 한다.

**수사관**  책상 위로 올라가.

다시 책상 위로 올라가 무릎을 꿇는 남자.

수사관, 야구배트를 내려놓고 의자에 앉는다. 바들바들 떠는 남자를 보는 수사관.

**수사관**  (따뜻하게) 이게 무슨 꼴이냐? 비싼 등록금 내고 공부하겠다고 서울 와서, 부모는 학비 대겠다고 등골이 휘어지는데, 너 여기서 이러고 있는 거, 니 부모가 아시면 얼마나 가슴이 미어지겠냐… 독재정권? 몰아내야지. 나도 찬성이야. 나도 너네 편이라고. 하지만 그 전에 사기꾼은 잡아야 할 거 아니냐. 그래야 너희같이 선량한 학생들의 피해를 줄이지.

사이.

**수사관**  아, 니가 모르고 있구나. 김명탁이, 너네 우두머리. 걔가 정말 해방전선의 투사인줄 아냐? 개 혼인빙자간음에 사기, 절도가 14범이야. 대학가 쪽으로 잠입해서는 혁명정부가 어쩌고 주체사상이 어쩌구 하면서 순진한 여대생들 꼬셔서 금품 갈취하고 성관계 맺고. 우리한테 접수된 고소건만 몇 건인지 몰라. 자, 봐라.

서류철에서 진짜 고소장을 보여주는 수사관.

**수사관**   이 사진 봐라. 다 그 새끼가 건든 여자들이야. 이 사진을 봐도 내말을 못 믿겠냐?

수사관이 내민 사진을 보는 남자. 순간 자신의 눈을 의심한다.

**남 자**   이, 이건…?
**수사관**   왜? 아는 여자야?
**남 자**   미진이….

무대 한쪽으로 등장하는 명탁, 미진, 학생1, 2.
그들은 모두 마스크를 했고 유인물과 화염병을 들었다.

**학생1**   더 이상 독재정권의 야만을 지켜볼 수가 없다. 우리의 목표는 민중을 해방시키고 주체사상을 기본으로 하는 혁명정부를 건립하는 것이다. 비록 저들의 무자비한 폭력에

맞설 수 있는 방법이 이뿐이라 할지라도 우리의 혁명정신만 굳건하다면 겁날 게 없다.

**학생 2**  폭력에는 폭력으로 대처한다. 저들의 무자비한 최류탄과 곤봉세례는 이 화염병으로 되갚아 줄 것이다. 훗날 우리의 혁명이 성공하면 그때 우리의 폭력을 단죄하라.

**김명탁**  화염병이 없이는 우리의 혁명도 없다. 너희들의 성공이 우리 혁명의 성공이다. 자, 그럼 모두 무사 귀환하기를!

학생1과 학생2, 후다닥 퇴장. 김명탁과 미진만 남았다.

**미 진**  나는 어디로 가지?

**명 탁**  넌 나와 함께 간다. 혁명의 폭탄을 들고 적의 심장부로.

**미 진**  무서워.

**명 탁**  강한 신념이 공포를 없애 줄 거야. 무엇보다 넌 투철한 저항정신을 가졌으니까. 이리 와라, 잔다크. 니 속의 두려움을 나한테 버려.

미진을 안아주는 명탁. 이때 찰칵! 카메라 셔터 소리.

**수사관**  황미진도 한패지? 법학과 2학년 재학 중 국가보안법 위반으로 수배 중. 아마 지금 김명탁이랑 같이 있는 걸로 의심되는데. 결국 이 학생도 단물 쓴물 다 빨려야 김명탁한테 버려지지.

남 자   이게… 진짭니까…?

수사관   보고도 몰라? 이 사진이 가짜 같아? 김명탁이 이 새끼 빨
         리 잡아야 한다니까. 그래야 황미진이 같은 순진한 여대
         생들 한 명이라도 구한다니까.

남 자   형사님… 김명탁 있는 곳 알려드리면… 저 풀어줍니까…?

수사관   몇 번을 말해? 너네들은 죄 없다니까? 나도 너네들 편이
         야. 난 순진하고 착한 여대생들 등쳐먹고 다니는 이 사기
         꾼 새끼를 잡고 싶은 거야.

남 자   펜이랑… 종이 주시면… 약도 그려드리겠습니다….

수사관   그래, 알았다.


         남자에게 볼펜과 종이를 건네는 수사관. 남자, 천천히 약도를 그
         린다.
         남자가 그린 약도를 확인하는 수사관.


수사관   확실한 거지?

남 자   미진이는… 저랑 사랑하는 사이입니다… 김명탁… 꼭 잡
         아주십시오…!

수사관   그래? 서로들 또 그렇게 연결되니?


         약도를 조심히 접어서 주머니에 넣는 수사관.


남 자   저는… 이제 풀어주시는 거죠…?

**수사관**  너, 아직 군대 안 갔다 왔지?

**남 자**  ?

**수사관**  일단 군대 가서 애국심을 먼저 기르도록 해라.

**남 자**  아니, 약속이 틀리잖아요?

이때 인자한 모습을 거두고 남자를 노려보는 수사관.

**수사관**  약속? 하, 나 이 빨갱이 새끼! 진짜 똥오줌 못 가리네? 대
한민국 경찰이 미쳤냐? 빨갱이랑 약속을 하게? 너 순진한
거야, 멍청한 거야? 여기서 병신 안 되고 나가는 것만으로
도 감지덕지해.

**남 자**  …?

**수사관**  아니… 처음 딱 보고 잘하면 넘어오겠다 싶었는데, 김명
탁에 관한 얘기를 이렇게 빨리 믿을 줄은 몰랐다.

**남 자**  네…?

**수사관**  우리 입장에서야 뭐 좋지만, 그래도 어떻게 혁명을 하겠
다는 놈이 여자 때문에 동지를 밀고하냐? 배신자 새끼. 재
수 없으니까 빨리 나가!

그제서야 자신의 실수를 알아차리는 남자.
수사관의 바짓가랑이를 잡는다.

**남 자**  저, 저기요, 형사님! 저… 못 나갑니다… 이러구 어떻게 밖

|  |  |
|---|---|
|  | 에 나갑니까…? |
| **수사관** | 그럼 어쩌라구? |
| **남 자** | 군대 가겠습니다! 군대에 보내 주십시요! |
| **수사관** | 이거 정말 치사한 놈이네? |
| **남 자** | … 예? |
| **수사관** | 도망치겠다는 거 아냐. 예전처럼. |
| **남 자** | ? |
| **수사관** | 어렸을 때, 누나한테 그랬던 거처럼. |

남자, 생각에 잠긴다.

암전.

# 3

과거. 남자의 중학생 시절.

수업시작을 알리는 학교종소리.

책상과 걸상을 밀고 들어오는 남자. 교복차림의 중학생이다.

책상에 앉아 가방에서 책을 꺼낸다. 순간 책상 서랍에서 쪽지를 발견한다. 펼치면, 등장하는 누나.


**누 나**　안녕? 나는 3학년이야. 너보다 2년 선배네. 호호.

걱정하지 마. 선배로써 편지 쓰는 거 아냐.

아침에 등교하다가 교문 앞에서 우연히 봤어. 귀여워.

교무실 청소하다가 우연히 니 생활기록부 봤어. 너가 1등이더라.

나는 인문계 고등학교 갈 거야. 그리고 예쁜 대학생이 될 거야.

너도 당연히 인문계 고등학교 가겠지? 대학도 갈 거고.

같이 열심히 공부해서 같이 좋은 대학 갔으면 좋겠다. 먼 미래의 이야기지만.

너 누나 있니? 니 누나가 되어주고 싶어. 넌 어때? 내 동생 되어줄래?

너 떡볶이 좋아하니? 핫도그 좋아하니?

오늘 학교 끝나고 먹으러 갈래? 내가 사줄게.

**남 자**  (편지를 찢으며) 싫어요.

**누 나**  왜?

**남 자**  학교에 소문나면 창피해요.


여학생1 등장.


**여학생1**  3학년의 누구하고 1학년의 누구가 사귄대.


여학생2 등장.


**여학생2**  3학년 누나하고 1학년 동생이 키스했대.


여학생3 등장.


**여학생3**  3학년 날날이하고 1학년 문제아가 양호실에서 했대.

**여학생1**  (동시에) 뭘?

**여학생2**  (동시에) 뭘?

**여학생3**  빠구리!


놀라는 여학생1, 2, 3. 말이 점점 더 빨라진다.


**여학생1**  3학년 걸레년하고 1학년 개새끼가 방과 후에 교실에서
빠구리 했대!

**여학생2**  3학년 갈보년이 1학년 잡놈새끼의 애를 뱄대!

**여학생3**  그 두 년놈들이 애를 낳아서 교실 복도에 버렸대!

**여학생1**  더러운 년놈들!

**여학생2**  살인자 년놈들!

**여학생3**  저주받은 년놈들!

**누 나**  가자!


남자의 손을 잡고 여학생 무리를 빠져나오는 누나.
미친 듯이 달린다. 그리고는 멈춰서 가쁜 숨을 몰아쉰다.
서로 마주보고 웃는 누나와 남자.


**누 나**  내가 창피해?

**남 자**  아니.

**누 나**  배고프지?

**남 자**  네.

**누 나**  떡볶이 먹으러 가자!


남자의 손을 잡고 떡볶이 집으로 가는 누나. 등장하는 떡볶이 집
아줌마.


**아줌마**  (접시를 내려놓으며) 떡볶이 2인분. 오뎅국물.

**누 나**  감사합니다.

**아줌마**  동생? 똘똘하게 생겼네.

| 누 나 | 전교 1등예요. 귀엽죠? |
|---|---|
| **아줌마** | 개천에서 용 날 상이네? |

아줌마 퇴장.

| 누 나 | (포크로 찍어주며) 먹어. |
|---|---|
| 남 자 | 누나도 먹어요. |
| 누 나 | 난 별로. 어서 먹어. |

먹는 남자. 가방에서 작은 선물상자를 꺼내 테이블에 올려놓는 누나.

| 남 자 | ? |
|---|---|
| 누 나 | 선물이야. 너 줄려고 샀어. |

사이.

| 누 나 | 안 궁금해? |
|---|---|
| 남 자 | 누나가 왜 나한테…. |
| 누 나 | 동생 생긴 기념. |
| 남 자 | 고마워요. |

선물상자를 가방에 넣는 남자.

누 나    뜯어봐.

남 자    지금요?

누 나    안 궁금해?

남 자    집에 가서 뜯어볼게요.

누 나    선물은 받는 즉시 뜯어보는 거래. 서양에서는 그렇게
         한대.

잠시 머뭇대다 조심스럽게 상자를 뜯어보는 남자. 샤프연필이다.

누 나    맘에 들어?

남 자    네.

누 나    공부 열심히 하라고.

남 자    마침 하나 갖고 싶었어요.

누 나    잘 됐네.

남 자    이제 가방에 넣어도 돼요?

누 나    응.

남자, 샤프연필과 분홍색 상자를 가방에 넣는다.

누 나    상자는 버려. 뜯었잖아.

남 자    상자도 가질게요. 처음 받아 봐요. 분홍색 상자.

누 나    고등학교에 가면 볼펜을 사줄게. 대학엘 가면 만년필을
         사줄게.

웃는 남자.

**누 나**  왜 웃어.

**남 자**  다 사준대서요. 돈이 어디서 나서. 학생이.

**누 나**  선물은 돈이 중요한 게 아니야. 마음이 중요한 거지.

이때 비가 온다. 등장하는 아줌마.

**아줌마**  아니, 갑자기 웬 비?

**누 나**  (남자에게) 우산 없지?

**남 자**  네. 날씨가 맑아서 안 가져왔는데.

**아줌마**  지나가는 비 같긴 한데….

**누 나**  가자!

아줌마에게 돈을 건네는 누나. 남자의 손을 잡고 뛴다.
점점 거세지는 빗소리. 누나와 남자, 가방을 머리에 올리고 한참
을 뛴다.
계속해서 쏟아지는 빗방울.
더 이상 안 되겠지 아무 처마 밑으로 몸을 피하는 누나와 남자.
비에 흠뻑 젖었다. 물기를 털어내는 둘. 그러다가 서로 마주본다.
서로들 흠뻑 젖은 생쥐 꼴이 우스워 깔깔댄다.
가방에서 손수건을 꺼내는 누나, 남자에게 건넨다.

누 나    닦아.

남 자    누나는요?

누 나    너 먼저 닦아.


         얼굴을 닦는 남자.


누 나    (쪼그려 앉으며) 비가 잔잔해질 때까지 좀 기다려야겠다.


         남자도 쪼그려 앉는다. 으슬으슬 떠는 남자.


누 나    춥니?

남 자    조금요.

누 나    가을비를 맞았으니까. 누나한테 더 가까이 와.


         조금 다가가는 남자.


누 나    바짝 붙어. 서로의 온기가 서로를 따뜻하게 해줄 거야.


         더 바짝 붙는 남자.
         심장소리. 이때,


누 나    비 그쳤다!

순간 당황하여 뒤로 넘어진다.

누 나     어머, 왜 그래?

얼른 남자를 잡아 일으키는 누나.

남 자     아니에요. 미끄러져서.
누 나     다행이다. 어차피 젖은 옷이 젖어서. 아니, 다행이라 하기
             엔 좀 그런가?
남 자     이왕 베린 몸이죠.

사이. 깔깔 웃는 누나.

누 나     너 말투가, 꼭 아저씨 같애. 너 은근히 재밌는 아이다?

계속 웃는 누나. 누나의 해맑은 웃음이 좋아 따라 웃는 남자.

누 나     근데, 왜 날 불러냈어?
남 자     형사가, 예전에 누나한테 도망쳤듯이 또 도망친다고 해서.
누 나     호호. 너 또 도망쳐? 어디로?
남 자     군대.

암전.

# 4

과거. 남자의 군복무 시절.

서해 NLL 부근. 무차별 발포되는 총.

바다에 떠 있는 보트. 그 보트 안에 최 상병, 박 일병, 남자.

보트 주위의 물결이 총알에 튄다. 보트에 납작 엎드린 세 명. 치
열하게 저항한다.

**최상병**    2시 방향에서 엄청 쏴댄다!

**박일병**    니기미, 참말로 이것이 뭔 일이당가… 미처 불것네…! 시
방 전쟁이여?

**최상병**    씨발 무조건 갈겨! 어디, 누가 걸레가 되는가 보자, 조또!

**박일병**    나가 귀신 잡는 해병인디, 허벌나게 떨려 분다. 씨발 이기
뭔 우세여?

**최상병**    탄약! 야, 고문관! 탄약!

저항하는 최 상병과 박 일병과는 다르게 보트에 머리를 처박고
파들파들 떨고 있는 남자.

**박일병**    (고개 숙이고 있는 남자를 발로 차며) 아야, 뭐허냐, 씨발 새꺄!
총알 달라고!

그러나 남자는 혼이 나간 듯 멍하니 있다.

**박일병**  니 정신이 나가부렀냐? 씨바, 환장헌다! (멍해있는 남자의 따귀를 때리며) 씨발새끼야, 정신 차리라고!

**최상병**  씨발놈들아! 탄창 달라고!

참지못한 최 상병, 자신이 엉금엉금 기어가 탄창을 챙긴다.

**박일병**  아야, 시방 총격전 나부렀다! 전쟁이여, 이거시! 근디, 개호로새꺄 너만 살것다고 대가리 처박고 있냐! 총을 연애할라고 델꼬 다니는 거여!

남자의 총을 빼앗아 방아쇠를 한번 당기고는 다시 남자에게 건네는 박 일병.

**박일병**  정신 차리고, 방아쇠 겁나게 당기믄 된다, 이?

총을 받아든 남자. 겁에 질려 고개 숙인 채 허공에 아무렇게나 갈긴다.

**박일병**  지랄 염병헌다! 니가 참말로 해병이 맞는가 싶다 씨벌새꺄! (개머리로 남자의 헬멧을 때리며) 고개 쳐들고 총 쏘라고, 이 고문관 새끼야!

그제서야 고개를 쳐드는 남자.

이때 남자 품으로 힘없이 쓰러지는 박 일병. 총에 어깨를 맞았다.

남자의 얼굴에 튀는 박 일병의 피. 광분하는 남자.

**남 자**　으아아아!

**최상병**　박 일병! 야, 너 총 맞았냐! 씨발놈아, 뭐라고 떠들어 봐! 박 일병!

남자는 사방 이곳저곳에 총을 난사한다.

**최상병**　야이, 미친 새끼야!

개머리판으로 남자의 얼굴을 가격하는 최 상병.

나가떨어지는 남자. 남자의 멱살을 움켜쥐는 최 상병.

**최상병**　어이, 고문관. 내가 누구냐?

**남 자**　….

**최상병**　(따귀를 때리며) 누구냐고, 씨발새꺄!

**남 자**　최 상병님입니다!

**최상병**　어이, 고문관!

**남 자**　이병! 고! 문! 관!

**최상병**　총소리 들리냐!

**남 자**　예! 들립니다!

**최상병**  지금 총격전 벌어졌다, 북한이랑! 뭐라구?

**남 자**  북한이랑, 총격전이 벌어졌습니다!

**최상병**  박 일병은 총에 맞아 죽은 거 같다.


울컥하는 남자.


**최상병**  이제 너랑 나 둘만 남았다! 정신 차려야겠냐, 안 차려야 겠냐!

**남 자**  차려야 합니다!

**최상병**  정신 차리자. 만약 또 정신 못 차리면 그땐 내 총에 죽을 줄 알아라. 알겠냐!

**남 자**  예, 알겠습니다!

**최상병**  알겠으면 빨리 총 들고 갈겨 개새끼야!


다시 사격하기 시작하는 최 상병과 남자.

쓰러져 있는 박 일병을 보는 남자. 울음을 터트린다. 이때 들리는 확성기 소리.


**확성기**  여기는 조선민주주의 인민공화국이다! 너희들은 해상 경계선을 침범했다! 경고한다! 지금 즉시 무기를 버리고 투항하라! 투항하지 않으면 전원 사살하겠다!


이때 자리에서 벌떡 일어나는 남자.

**남 자**   (울면서) 쏘지 마라! 우리의 실수다! NLL을 침범할 의도가
        없었다! 지금 당장 내려가겠다! 그러니 제발 쏘지 마라….

**최상병**  씨발놈아 뭐하나? 고개 숙여!

**남 자**   여기, 사람이 죽었다…! 제발 쏘지 마라… 난 죽고 싶지
        않다… 미안하다…!

**최상병**  죽고 싶어! 고개 숙여, 씨발놈아!


이때 다시 울리는 무차별 총소리. 머리를 감싸고 비명을 지르는
남자.


**남 자**   쏘지 마라! 내려가겠다! 한국으로 돌아가겠다! 쏘지 마라!


이때 갑자기 바닷물로 뛰어든 남자, 미친 듯이 수영을 한다.


**최상병**  야, 고문관! 뭐 하는 짓이야! 빨리 안 올라와!


점점 더 보트와 멀어지는 남자. 계속 울리는 총소리.


**최상병**  야! 고문관!


남자는 어느새 정말 보트에서 멀어졌다.
보트에 잔뜩 몸을 웅크린 채 간헐적으로 엄호사격을 하는 최 상병.
줄어들 줄 모르는 총소리. 암전. 암전 중에 들리는 뉴스.

**뉴 스**  속보입니다. 오늘 오후 5시 54분 서해 앞바다에 북한 경비정 한 척이 북방 한계선을 3km 가량 넘어 도발을 시도했습니다. 해군은 곧바로 고속정 두 척을 출동시켜 북한 경비정의 퇴각을 요구했습니다. 그러자 북한 경비정의 85mm포가 우리 고속정을 향해 선제공격을 가하기 시작했습니다. 포탄들이 조타실에 잇따라 명중하면서 우리 고속정이 심각한 타격을 입었습니다. 우리 고속정의 40mm, 30mm 한 포도 불을 뿜기 시작했습니다. 결국 북한경비정 한 척이 불길에 휩싸여 퇴각하기 시작했습니다. 31분간의 교전이었지만 다행히 사망자는 없고 해병대 소속 박병권 일병만이 어깨관통상을 당한 것으로 조사 됐습니다. 이상 긴급 속보였습니다.

불 들어오면 의자에 앉아 조사를 받고 있는 최 상병, 박 일병, 남자. 박 일병은 상체에 붕대를 칭칭 감았다. 서류를 넘기는 조사관.

**조사관**  NLL 침범한 걸 인지하지 못했습니까?

**최상병**  모르고 있었습니다. 나중에 북한 애들이 확성기로 말해서 알았습니다.

**조사관**  발포는 누가 먼저 했죠?

**최상병**  북한 애들이 먼저 했습니다.

**조사관**  사전 경고는 있었나요?

**최상병**  없었습니다.

**조사관** 박병권 일병. 그날 술 마셨어요?

**박일병** 안 마셨습니다.

**조사관** 혈중 알콜 농도 0.061 나왔어요. 면허취소죠.

**박일병** 안 마셨습니다!

사이.

**조사관** (태도를 바꾸며) 뭐하는 거야, 지금?

**최상병** 제가 먹였습니다.

**조사관** ?

**최상병** 어깨 관통상을 당하고 너무 고통스러워해서 진통을 목적으로 술을 먹였습니다.

**조사관** (박 일병에게) 사실이야?

**최상병** 박 일병은 기억을 못 할 겁니다. 고통스러워 하다가 의식을 잃었으니까요.

**조사관** 최 상병은 술이 어디서 났어?

**최상병** 상처 소독 및 총기세척을 목적으로 상비합니다.

사이.

**조사관** (어이없는 웃음) 하, 씨발. 그래, 그래. 군인은 무엇보다 전우애지. 맘에 든다.

다시 서류를 뒤적이는 조사관. 서류를 보다말고 남자를 본다.

**조사관**  넌 뭐냐?

**남 자**  ?

**조사관**  연평도까지 헤엄쳐서 왔어?

이때 피식 웃는 최 상병과 박 일병.

**조사관**  웃어?

**최상병**  시정하겠습니다.

**박일병**  시정하겠습니다.

**조사관**  (남자에게) 뭐야, 어떻게 된 거야?

**남 자**  저기… 그게… 저는 박 일병님이 전사한 줄 알았고… 북한이… 우리가 해상경계선을 넘었다고… 저희가 탄약도 없어서….

**조사관**  뭐라는 거야?

**최상병**  거짓말입니다. 고문관은 총격전 당시 단 한 번도 고개를 들지 않았습니다.

**박일병**  그리고 단 한 번도 조준사격을 하지 않아부렀습니다.

**조사관**  그럼?

최 상병이, 겁에 질려 고개 숙이고 총 쏘던 남자의 모습을 흉내 낸다.

피식 웃는 조사관.

**박일병**　당시 고문관이 한 일이라고 무서버 겁나게 떤 것,

**최상병**　그리고 박 일병이 어깨에 총을 맞고 쓰러졌을 때 비명을 지르며 오줌을 싼 것뿐입니다.

깔깔 웃는 조사관.

**조사관**　(남자를 보며) 오줌을 쌌어?

**남 자**　기, 기억나지 않습니다!

**조사관**　박 일병이 전사한 줄 알았다며? 그건 기억이 나고?

**남 자**　저기, 그게….

**최상병**　만약 그렇다면 고문관은 더 큰 실수를 한 것입니다.

**수사관**　?

**최상병**　우리는 모두 전우의 시체를 넘고 넘어 진격해야 한다고 배웠습니다.

**박일병**　고것이 바로 군인정신이며 해병대 정신입니다.

**최상병**　근데 고문관은 전우의 시체를 뒤로한 채 줄행랑을 쳤습니다.

**박일병**　대한민국 해병대의 수치랑게요!

**수사관**　현장검증. 고문관. 당시 탈출 장면을 보여줘라.

**남 자**　(양손을 번쩍 든다) 쏘지 마라! 우리의 실수다! NLL을 침범할 의도가 없었다! 지금 당장 내려가겠다! 그러니 제발 쏘지

마라!

그리고는 갑자기 바닥에 엎드려 미친 듯이 헤엄을 친다.
참지 못하고 웃음을 터뜨리는 조사관, 최 상병. 박 일병.
멈추는 남자.

**조사관**　　개새끼구만. 일주일 포상휴가!

서류에 도장을 꽝 찍고 자리에서 일어나 퇴장하는 조사관.
최 상병과 박 일병도 자리에서 일어나 조사관을 따라 나간다.
나가다가,

**최상병**　　(남자에게) 전우를 버리고 도망친 겁쟁이, 배신자 새끼.

모두 퇴장. 혼자 남은 남자. 망치에 머리를 맞은 듯 파르르 떤다.
이윽고 자리에서 일어나 군모를 고쳐 쓰는 남자. 총을 들고 내무
반으로 간다.
엄청난 총소리와 전우들의 비명소리.
잠시 후, 피투성이인 채로 등장하는 남자. 우렁차게 관등성명을
댄다.

**남 자**　　대한민국! 해병대! 일병! 고! 문! 관!

눈빛이 변하는 남자. 보트에 올라 노를 젓는다.

거친 파도가 넘실대는 바다.

그 바다 한가운데로 미친 듯이 가르고 들어가는 남자.

어느새 NLL에 당도한다.

사이렌 소리.


**확성기**　여기는 조선민주주의인민공화국이다! 당장 배를 멈추고
신원을 밝혀라!


탄창을 새로 갈아 끼우는 남자.


**확성기**　경고한다! 무기를 버리고 투항하라!
여기는 조선민주주의 인민공화국이다!
멈추지 않으면 발포한다! 무기를 버리고 신원을 밝혀라!

**남 자**　씨발새끼들아!
나는 겁쟁이가 아니다!
나는 배신자가 아니다!
나는!
도망치지 않는다!


총을 들어 난사하는 남자.

무대를 가득 메우는 엄청난 총소리.

이때 아이를 업고 지나가는 아내. 아내를 발견하고 놀라는 남자.

**남 자**   어, 여보?

멈추는 아내.

**남 자**   여기서 뭐 해?
**아 내**   그 여자 만나러 가.

지나치는 아내.
암전.

# 5

과거. 5년 전.

커피숍. (그)여자와 아내. 아내 옆에 여섯 살의 아이.


**아 내**  내 삶은 평범할 줄 알았어요. 평범한 부모님에 평범한 형
제자매들. 평범한 남편에 평범한 결혼생활, 평범한 아이.
근데, 이런 일도 벌어지네요.

**여 자**  저 역시 평범하게 살았어요. 근데, 이런 일이 벌어지네요.

**아 내**  사과하세요.

**여 자**  왜요?

**아 내**  죄를 졌잖아요.

**여 자**  사랑도 죄인가요?

**아 내**  당신 입장에서나 사랑이지 모두의 입장에선 불륜이니까.

**여 자**  당신 입장에서나 불륜이지 모두의 입장에선 사랑이에요.


사이.


**아 내**  뻔뻔한!

**여 자**  그 점은 미안하군요.

**아 내**  나를 봐요.

여자, 아내를 본다.


아 내  보이세요?

여 자  뭐가요?

아 내  당신이 무슨 짓을 했는지.

여 자  초췌한 여자가 내 앞에 있을 뿐이에요.

아 내  당신은 살인을 한 거야.

여 자  비약하지 마세요.

아 내  내가 살아있는 거처럼 보여요?

여 자  사람은 누구나 고통 속에 살아요.

아 내  당신이 고통을 알아?

여 자  당신과 다른 고통을, 당신만큼 느끼면서 살아요.

아 내  당신은 (자신의 가슴에 손을 대며) 한 사람을 죽였고 (아이의 손을 잡으며) 한 아이를 죽였고, 그 가정을 파괴했어.

여 자  그 분노. 진부해요.

아 내  뭐라구?

여 자  그 일로 죽을 만큼 그 사람이 그렇게 소중했다면 그동안 왜 방치했어요?

아 내  그 사람이 그래? 내가 자기를 방치했다고.

여 자  내가 느끼기에 그래요. 늘 혼자 내쳐진 느낌이었으니까.

아 내  쓰레기들!

아 이  엄마….

아 내  가만있어.

사이.

**아 내**  이제 어떻게 할 거예요?

**여 자**  내가 묻고 싶어요. 어떻게 할 거예요?

**아 내**  용서하지도 않을 거고, 이혼 하지도 않을 거야.

**여 자**  그건 해결책이 아니에요.

**아 내**  해결? 당신이 저지른 일이 해결 가능한 일이라고 생각해?

**여 자**  그 사람은 애가 아니에요. 사탕발림에 넘어오는 열한 살 어린이가 아니라구요. 우린 성인이구, 자신의 일에 스스로 책임져요.

여자의 뺨을 때리는 아내.
놀란 아이는 운다.

**아 내**  책임이라는 말 함부로 지껄이지 마. 당신은 한 가정을 산산조각 냈어! 그걸 당신이 감당할 수 있을 거 같아!

이때 들어오는 남자. 흥분한 아내를 막아선다.

**남 자**  뭐 하는 거야!

**아 내**  손 치워! 더럽게 어따 손을 대!

**남 자**  (여자에게) 나가. 나한테 말도 없이 이러면 어떻게 해?

**여 자**  궁금했어요. 어떤 여자일지.

**아 내**    보니까 어때? 우스워? 한심해 보여?

**남 자**    (아내를 말리며) 그만해.

**아 내**    놔!

**여 자**    내가 한심해 보여요.


사이.


**여 자**    겨우 이 정도밖에 안 되는 여자한테 질투를 느꼈다니.


물컵을 들어 앉아있는 여자의 얼굴에 끼얹는 아내.


**남 자**    여보!

**아 내**    이 정도밖에 안 되는 여자 남편이랑 굴러먹으니까 어때?
           즐거워? 설레어? 흥분돼?

**남 자**    그만하라니까!


남자의 뺨을 때리는 아내.


**아 내**    나한테 함부로 소리 지르지 마. 당신, 그럴 자격 없어.


아이의 손을 잡고 나가는 아내.
의자에 앉는 남자.

**남　자**　미안하군.

**여　자**　뭐가요?

**남　자**　이런 꼴을 보여서.

**여　자**　미안해야 할 사람은 내가 아니에요.

**남　자**　아내하곤 이혼할 거야.


피식 웃는 여자.


**남　자**　?

**여　자**　못 봤어요? 이 자리에 당신 아이가 있었어요.

**남　자**　!

**여　자**　일 핑계로 밖으로 도는 가장이 어떤 건지 제대로 알았네.
　　　　아이가 존재하는 걸 인식하고는 있는 거예요?

**남　자**　괜찮아. 애는 어려서 잘 모를 거야.

**여　자**　참, 당신이란 남자, 정말 쓰레기네. 애가 정말 모를 거 같
　　　　아? (버럭) 애는 다 알아!

**남　자**　이봐, 왜 그래?


여자, 일어난다.


**여　자**　당신, 피를 토하며 후회할 거야.


여자, 나간다. 괴로워하는 남자.

이때, 느닷없이 텅! 하고 철문 열리는 소리가 나면,

염쟁이가 화장(火葬) 테이블을 끌고 등장한다.

비척거리며 그쪽으로 가는 남자.

남자에게 정중하게 인사하는 염쟁이.

테이블 위의 천을 조심히 걷자 다 타버린 아이의 뼛조각과 가루가 보인다.

뼛조각을 작은 절구통에 넣고 정성스럽게 빻는 염쟁이.

다 빻으면 그 뼛가루를 유골함에 담아 남자에게 건넨다.

남자, 기절한다.

암전.

# 6

과거. 남자의 고등학생 시절.

드르륵! 드르륵! 자취방에서 미싱질 중인 누나.

누나의 맞은편에서 책을 읽고 있는 남자.

둘은 마주 보는 모습이다.


남 자  피곤하지 않아?

누 나  그래야 돈 벌지.

남 자  잠도 안 자고.

누 나  약 먹었어.


다시 책 보는 남자.


누 나  공부 열심히 해서 좋은 대학 가. 나처럼 고생하기 싫으면.

남 자  좋은 대학 가면 고생 안 해?

누 나  좋은 대학 가야 좋은 직업을 얻을 수 있고 그래야 돈도 많이 벌지.

남 자  누나가 계속 학교 다녔으면 지금 대학생이네?

누 나  후후.

남 자  이담에 좋은 대학가서, 좋은 직업 가져서, 돈 많이 벌어서, 누나 일 안 해도 되게 하께.

사이.

돌아보는 누나.

**누 나**　　말만 들어도 힘난다.

　　　　　다시 미싱질.

**누 나**　　이담에 돈 많이 벌면 가족을 돌봐야 하는 거야. 니 부모님,
　　　　　니 아내, 니 자식들.

**남 자**　　누나가 내 아내가 되면 되지.

**누 나**　　아내는 니가 사랑하는 사람이 되어야 하는 거야.

　　　　　사이.

**남 자**　　나한테 편지 썼잖아. 누나가.

**누 나**　　편지?

**남 자**　　나 중학교 1학년 때. 누나 중3.

**누 나**　　호호호.

**남 자**　　누나가 내 책상 서랍 안에 넣어뒀던.

**누 나**　　기억력도 좋다. 니가 그래서 공부를 잘 하는구나?

**남 자**　　이성한테 처음 받아본 편지.

**누 나**　　쬐끄만 애가 머리도 밤톨처럼 깎구. 동생 삼고 싶다 이거
　　　　　지. 그땐 그랬어. 귀여운 1학년 애들 보면 편지 쓰고, 선물

주고.

**남 자**　마음이 되게 싱숭생숭. 근데, 너무 낯설어서 편지를 찢어
　　　　버렸어. 분홍색 봉투.

**누 나**　그래서 내가 갔을 때 그렇게 쌀쌀맞게 굴었니?

**남 자**　창피했어. 편지 받은 게. 쉬는 시간에 3학년 누나가 교실
　　　　복도에서 날 찾는 것도 부끄러웠고. 실은… 너무 떨려서
　　　　그랬던 거 같아. 정말 떨렸어.

**누 나**　그랬구나. 말을 하지. 난 그저 아주 맹랑한 녀석이라고만
　　　　생각했지.

**남 자**　그때 누나 진짜 예뻤어. 지금도 예쁘고.

**누 나**　미싱질 하는 사람 중엔 예쁜 사람 없어. 정말 예쁜 애들은
　　　　대학 가면 있어. 그러니까 공부 열심히 해.

**남 자**　내가 아는 제일 예쁜 여자는 누나고, 누나는 미싱을 해.

**누 나**　누나는 공순이야. 너는 공순이를 좋아하면 안 돼.

**남 자**　누나는 누나야. 난 누나를 좋아해.


　　　　사이. 미싱을 멈추는 누나.


**누 나**　너는 이제 여기 오면 안 돼.

**남 자**　왜?

**누 나**　학력고사가 코앞이야. 집중해도 부족해. 나도 너 때문에
　　　　일 방해되고.

**남 자**　난 여기서 공부가 더 잘 돼.

**누 나**　내가 방해돼.

**남 자**　방해 안 할게.


사이.


**누 나**　시간이 늦었다.


방 가운데 커튼을 치는 누나. 남자와 누나는 커튼을 사이로 양쪽
에 있다.


**누 나**　(옷을 던지며) 옷 갈아입고 얼른 자.

**남 자**　누나는?

**누 나**　출근해야지. 야간근무야.


옷을 갈아입는 남자.


**누 나**　아침에 일어나면 바로 가.

**남 자**　난 여기 오는 게 좋아. 여기서 공부하면 집중이 잘 돼.

**누 나**　….

**남 자**　누나가 편해. 누나랑 같이 있으면 마음이 안정돼.

**누 나**　너 대학 못가면 그 원망 다 내가 듣는다.


누나도 옷을 갈아입는다.

**남 자** 누나가 좋아.

**누 나** 좋아하면 안 돼.

**남 자** (커튼을 젖히며) 왜 안 돼?

**누 나** (옷을 갈아입다 깜짝 놀라며) 야!

**남 자** (커튼을 닫으며) 아. 미안. 옷 갈아입는 줄 몰랐어.


사이.

웃는 누나.


**누 나** 어이가 없다. 징그러. 이쁘고 쬐끄맣던 그 꼬마는 어디로 갔니?

**남 자** 어엿한 남자가 돼서 누나 앞에 나타났지.


옷을 다 갈아입은 누나. 커튼을 젖히고 남자에게 가 앉는다.


**누 나** 약속하자.

**남 자** ?

**누 나** 여기 오지 말고 집에서 공부해. 그리고 대학을 가. 대학을 가면, 그때 누나랑 같이 살자. 살림 차리고.

**남 자** 진짜?

**누 나** 대학만 가. 빨래도 해주고 밥도 해주께. 알았지?

**남 자** (끄덕끄덕)

**누 나** 내일 아침에 일어나면 집으로 가는 거다. 그리고 대학 갈

때까지 여기 안 오는 거야.

**남 자**    (끄덕끄덕)

씨익 웃으며 남자의 이마에 **뽀뽀**하는 누나. 커튼을 다시 친다.
남자는 잘 준비를 하고 누나는 출근 준비를 하다.

**누 나**    (나가며) 갔다 올게.

누나 나간다.
잠시 후, 잠이 드는 남자.
새벽 어스름.
근무를 마치고 들어오는 누나. 남자가 깰까봐 조용히 움직인다.
방구석에 쪼그리고 앉는 누나. 갑자기 흐느낀다.
그러면서 옷을 갈아입고, 이불을 깐다. 누나의 뒤척임에 남자는
잠에서 깬다.
대야에 물을 떠오는 누나. 하의(하의)를 내리고는 쭈그리고 앉는다.
아랫배를 강하게 쓸어내린다. 대야의 물로 뒷물을 한다. 물소리.
뒷물을 마친 누나, 잠자리에 눕는다.
적막.
이때 갑자기 자리에서 벌떡 일어나 커튼을 젖히는 남자.
누워있는 누나를 덮친다. 놀라 비명을 지르는 누나.
남자는 한 마리 섣부른 들짐승처럼 누나를 짓누른다.
입술에 키스하고 옷 속에 손을 넣는다.

이때 남자를 밀치고 뺨을 한 대 후려갈기는 누나. 깜짝 놀라 정신 차리는 남자.

**누 나**  똑바루 들어. 여자는, 그렇게 함부로 대해도 되는 존재가 아냐. 알아? 쓰레기 같은 새끼.

누나의 서슬 퍼런 말에 자기 잠자리로 가는 남자.
누나는 다시 잠자리에 들고 남자는 괴로움에 자신의 머리를 감싼다.
암전.
잠시 후, 불 들어오면 잠에서 깨는 남자.
잠결에 이상한 낌새를 느낀 남자는 주위를 둘러본다.
이때 방안에 뭔가가 걸려있는 것을 보고는 깜짝 놀란다.
그러나 잘 들여다보니 그것은 누나다.
목을 매단 채 대롱대롱 걸려있다. 비명을 지르는 남자.
남자는 행여 누나가 살아있을까 싶어 누나를 번쩍 든다.
그러나 누나의 혀는 이미 축 늘어져 있다.

**남 자**  누나! 누나!

누나를 계속 들어 올리는 남자. 누나의 목에 감긴 밧줄을 풀려고 하나 잘 안 된다.

**남 자**    누나 왜 그랬어… 이러면 안 돼… 누나… 죽은 거 아니
         지…? 으아… 누나…!

눈물 콧물 땀범벅의 남자. 서서히 지쳐간다.

**남 자**    누나… 내가 잘못했어… 내가 개새끼야….

더 이상 버티지 못하고 누나를 놓는 남자.
매달린 누나의 발을 부여잡고 통곡을 한다.
암전.

# 7

남자의 무의식.

알 수 없는 공간에 나란히 서 있는 남자와 아내. 아내는 아이를 업고 있다.

**남 자**  어느 날 방긋 웃으며 내 앞에 나타난 여자.

**아 내**  난 웃고 있지 않아.

**남 자**  나는 길을 가는 중.

**아 내**  알아. 같이 가는 중이니까.

**남 자**  나는 눈이 멀었고 귀가 먹었는데 왜 나하고?

**아 내**  눈이 먼 건 몰랐고 귀가 먹은 건 눈치 못 챘고.

사이.

**남 자**  당신은 누구…?

**아 내**  아내.

**남 자**  아내?

**아 내**  당신의.

**남 자**  나의… 아내…?

**아 내**  우린 부부야.

**남 자**  당신이 낯선데?

| | |
|---|---|
| **아 내** | 그래선가 보네. 내 삶이 외로웠던 게. |
| **남 자** | 내가 당신을 사랑해? |
| **아 내** | 그런 건 스스로에게 묻는 거야. |
| **남 자** | (자기에게 묻는다) 너, (여자를 가리키며) 저 여자를 사랑해? |

사이.

| | |
|---|---|
| **남 자** | 이상해. |
| **아 내** | 뭐가? |
| **남 자** | 낯설어. |
| **아 내** | 당연하지. 우린 부부니까. |
| **남 자** | 부부는 낯설어? |
| **아 내** | 적어도 우리는. |
| **남 자** | 그럼 사랑은? |
| **아 내** | 당신이 가져갔잖아. |
| **남 자** | 어디로? |
| **아 내** | 모르지. |

사이.

| | |
|---|---|
| **남 자** | 그거. |
| **아 내** | 뭐? |
| **남 자** | 당신의 등에 업힌. |

아내, 등에 업은 아이를 남자에게 보인다.


**아 내**  당신의 아들.

**남 자**  내 아들?

**아 내**  우린 부부니까.


한동안 뚫어져라 아이를 쳐다보는 남자.


**남 자**  내가 무슨 짓을 한 거지?


도망가는 남자. 서 있는 아내. 멈추는 남자.


**남 자**  난 갈 거야.

**아 내**  어디루?

**남 자**  여기 아닌 곳으로.

**아 내**  어디든 여기야.

**남 자**  당신과 아이는?

**아 내**  항상 여기지.

**남 자**  어제도?

**아 내**  그제도.

**남 자**  1년 전에도?

**아 내**  십년 전에도.

사이.

**남 자**　당신 누구냐?

**아 내**　당신의 아내.

**남 자**　아내. 그럼 우리는.

**아 내**　부부. 그리고 (업은 아이를 보여주며) 우리의 아이.

**남 자**　이상해.

**아 내**　뭐가?

**남 자**　낯설어.

**아 내**　당연하지. 우린 부부니까.

남자. 자리를 이동한다.

**남 자**　(움직이며) 난 갈 거야.

**아 내**　맘대루.

남자. 멈춘다.

**남 자**　왜 안 잡아?

**아 내**　사랑이 없으니까.

**남 자**　어디로 갔지?

**아 내**　당신이 먹었잖아.

**남 자**　난 배부르지 않은데?

**아 내**　저깄네.

등장하는 여자. 또각또각 걸어온다. 남자를 지나쳐 간다.
따라가는 남자. 침묵하는 아내. 여자 멈춘다. 남자도 멈춘다.


**남 자**　어느 날 또각또각 다가와 멈춘 여자.

**여 자**　또각또각? 재밌는 표현이네요.

**남 자**　당신은 길을 잃었군.

**여 자**　이 길이나 저 길이나.

**남 자**　목적지를 잃었군.

**여 자**　다리가 아파. 무릎이 어긋날 거 같아.

**남 자**　신발을 벗어. 높은 굽이 무릎을 상하게 하잖아.

**여 자**　여긴 온통 가시밭인데?

**남 자**　무릎이 나가는 거 보단 낫지 않을까?

**여 자**　아, 참. 신발을 갈아 신으면 되지.

핸드백에서 운동화를 꺼내는 여자. 갈아 신는다.


**여 자**　무릎도 안 아프고 가시밭길도 괜찮고.

**남 자**　이런 바보.

**여 자**　나한테 한소리?

**남 자**　나한테 한소리. (신발을 가리키며) 이런 생각을 못했으니까.

**여 자**　이 신발 어때요?

남 자     역겨워.

여 자     이런.

남 자     당신 발을 질식 시킬 거야.

여 자     그 전에 당신이 질식 시킬 거 같아.

남 자     난 당신 발을 감싸고 있지 않아.

여 자     내 전부를 감싸고 있지. 당신의 그 호흡.

남 자     이상해.

여 자     뭐가?

남 자     익숙해.


사이.


여 자     드디어 찾았군.

남 자     ?

여 자     익숙한 사람.

남 자     익숙한 사람?

여 자     사랑하고 싶은 사람.

남 자     사랑하고 싶은 사람?

여 자     섹스하고 싶은 사람.

남 자     섹스하고 싶은 사람!


자신의 스커트 안으로 손을 넣어 무언가를 잡아당기는 여자. 붉
은 끈이다.

그 끈을 남자에게 쥐어주면 받아 쥐는 남자.

**여 자**   내 자궁은 당신 거야.

**남 자**   핏빛이야.

**여 자**   그럼 피의 축제를 즐겨.

끈을 당기는 남자. 여자는 춤을 춘다.
한동안 끈을 당겼다 풀었다 하는 남자와 그에 맞춰 춤을 추는 여
자.
춤은 절정으로 치닫다가 어느 순간 멈춘다.

**여 자**   피의 축제는 아직 시작도 안했어.

여자 퇴장. 홀로 남은 남자. 돌아보면 여전히 그곳에 아내가 아이
를 업고 서 있다.

**남 자**   어느 날 방긋 웃으며 내 앞에 나타난 여자.

**아 내**   난 웃고 있지 않아.

**남 자**   나는 길을 가는 중.

**아 내**   알아. 같이 가는 중이었으니까.

**남 자**   나는 눈이 멀었고 귀가 먹었는데 왜 나하고?

**아 내**   내가 눈이 멀고 귀가 먹었으니까.

사이.

**남 자**  당신은 누구…?

**아 내**  아내.

**남 자**  아내?

**아 내**  당신의 아내.

**남 자**  나의… 아내…?

**아 내**  우린 부부야.

**남 자**  당신의 자궁을 보여줘.

**아 내**  난 자궁이 없어.

**남 자**  왜?

**여 자**  말라버렸어.

**남 자**  당신의 젖을 보여줘.

**아 내**  난 젖이 없어.

**남 자**  왜?

**아 내**  다 타버렸어.

**남 자**  거짓말.

아내, 웃옷을 벗는다. 정말로 새까맣게 타버린 젖가슴.

**남 자**  당신이 내 아내?

**아 내**  우리는 부부. 그리고.

업은 아이를 보여주는 아내.

한동안 아이를 뚫어져라 쳐다보는 남자.


**남 자**    이상해.

**아 내**    뭐가?

**남 자**    낯설어.


사이.


**아 내**    당연하지. 우린 부부니까.


사이.

울부짖는 아내.


**아 내**    우리 부부라고!


암전.

# 8

과거. 남자의 군복무 시절.

법당. 반야심경이 낮게 깔린다.

비구니가 된 미진과 차를 나누는 군복차림의 남자.


**남 자**   머리 깎았다는 얘기는 들었는데 막상 보니 낯서네?

**미 진**   나도 거울 볼 때마다 놀라.

**남 자**   근데 예쁘다.

**미 진**   다행이네.

**남 자**   납골당에 갔다 왔어. 풀이 많이 자랐더라.

**미 진**   잘 했네.

**남 자**   이제 그만 가려구. 선배 가족들 눈치도 보이고.

**미 진**   잘 생각했어.

**남 자**   이곳 생활은 어때. 할 만해?

**미 진**   똑같아. 속세랑.

**남 자**   얼마나 됐지?

**미 진**   6개월. 풀려나고 바로 들어왔으니까.


사이.


**미 진**   근데. 너 첫 휴가 나왔었단 소릴 들은 거 같은데 또야?

남 자    탈영했어.

미 진    (피식) 니가?

남 자    (같이 피식거리며) 그러니까.


품에서 피 묻은 권총을 꺼내 찻상에 내려놓는 남자.


여 자    뭐야?

남 자    전리품.

여 자    총 처음 봐. 섹시해. 날 위한 거야?


사이.


남 자    아직 내가 원망스럽지?

미 진    사랑과 증오란 것이 다 마음이 빚어내는 허상인 것이야,
         라고 여기서는 가르쳐.

남 자    아직도 내가 명탁선배를 죽였다고 생각해?

미 진    대추나무 사랑 걸렸다.

남 자    선문답?

미 진    부처님 발바닥 때도 안 되는 소승이 어찌.

남 자    그래. 쉽게 가실 감정은 아니지. 나도 억울하거나 하지는
         않아. 어쨌든 나는 말했고 그로 인해 선배가 잡혔으니까.

미 진    그리고 고문당해 죽었지.

남 자    그래. 고문당해 죽었어.

**미　진**　니가 밀고해서 고문당했고.

**남　자**　말했잖아. 나로서도 어쩔 수 없는 상황이었다고. 빠져나갈 곳 없는 4평 남짓한 취조실, 실오라기 하나 없이 발가벗겨진 몸, 옆에서 들리는 동지들의 비명소리. 난 선택의 여지가 없었어.

**미　진**　그래. 그래서 손끝 하나 다치기 전에 다 불어버린 거지.

**남　자**　무슨 말이야?

**미　진**　상계동 선화선배 방에 숨어있었어. 근데 그곳에 형사 4명이 들이닥쳤지. 그곳은 우리 말고는 어느 누구도 알 수가 없어. 심지어는 선화선배조차 명탁선배가 어떤 사람인지 몰랐으니까. 그러고 나서 정확이 3일 후 너가 나왔어. 너를 만나러 가면서 난 추호도 의심하지 않았어. 하지만 말끔한 차림의 너를 보면서 혼란스러웠지. 투쟁의 역사 이래, 검거됐다 풀려난 사람들 중 생채기 하나 없이 풀려난 사람은 너밖에 없었어.

**남　자**　내가 정말 고문이 두려워서 다 불었다고 생각해?

**미　진**　우린 모두 고문 때문에 불어. 단, 너처럼 당하기도 전에 지레 무릎을 꿇지는 않지.

**남　자**　그때 나는 어렸어. 순진했구. 경찰이 증거사진을 들이밀면서 말하는데 순간 믿지 않을 수가 없었어. 너랑 명탁선배가 같이 있는 사진도 있었으니까. 내가 이성적 판단을 할 수가 없었어. 형사들이 날 회유하기 위해 내민 명탁선배의 여성편력 증거자료들이 다 조작된 것임을 알고 나서도

난 한동안 명탁선배와 너를 의심했었어.

**미 진** 그때만 비겁한 줄 알았는데 지금도 비겁하구나?

**남 자** 뭐라구?

**미 진** 니가 명탁선배의 은신처를 분 건, 무서워서야. 그들의 고문에 무너져 내린 거라고. 아니지. 넌 고문을 당하지도 않았잖아, 당하기 전에 지레 겁먹고 다 말했잖아. 뼈가 부러지고 살이 찢기는 고통 속에서 이를 악물고 침묵의 정의를 실현했던 많은 동지들을 배신하고 너는 벌벌 떨다가 독재정권의 개들이 전기봉을 들이대자 알아서 모든 걸 다 일러바쳤잖아.

**남 자** 난 고문이 두려웠던 게 아냐. 내가 두려웠던 건 너를 빼앗기는 거였어. 니가 명탁선배에게 가버리는 거였다구. 난 그게 두려웠어. 내 사랑을 잃어버리는 거….

**미 진** 너의 더러운 변절에 내 이름을 들먹이지 마. 난 단 한순간도 너를 사랑한 적 없어.

**남 자** 나를 향한 너의 배신감을 이해해. 그러나 그런다고 지난날의 감정이 사라지는 것은 아니야. 내 머릿속에 있는 우리의 추억이 니 머릿속엔 없을 리가 없지.

이때, 마구 웃는 미진. 남자, 의아해 한다.

**미 진** 형사들이 너를 회유하면서 내민 사진들. 명탁선배와 내가 함께 찍힌.

남　자　?

미　진　그게 정말 조작된 자료라고 생각해?

남　자　무슨 말이야?

미　진　너는, 내가 사랑하는 사람을 밀고해서 죽인거야.


사이.


남　자　아니지? 내가 너무 미워서 지금 일부러 이러는 거지? 넌
　　　　나를 사랑했잖아. 밤새 화염병을 만들며 아무도 없는 동
　　　　아리 방에서 우리 뜨겁게 사랑했잖아.

미　진　사랑? 착각하지 마. 내가 원한 건 혁명의 완성을 위해 요
　　　　긴하게 쓰일 충견이었어. 난 그저 자기 몸에 휘발유를 붓
　　　　고 백골단을 행해 몸을 던질 수 있는 투사를 만들기 위해
　　　　내 몸을 미끼로 썼을 뿐이야. 니가 그런 나의 성기를 핥으
　　　　며 미친개처럼 켁켁 댔을 뿐이지.

남　자　아냐. 그럴 리가 없어. 넌 지금 제정신이 아냐.

미　진　그래 내가 미친 거 같아? 한번 시험해 볼까? 내 말이 맞는
　　　　지 틀리는지?


옷을 벗는 미진. 남자를 향해 다리를 벌린다.


미　진　자, 봐! 옛날 생각나지? 어서 덤벼들어 미친 듯이 핥아봐.
　　　　옛날처럼 발정난 개 마냥 침을 질질 흘리고 너의 그 욕망

덩어리를 쑤셔 넣어 봐!

점점 눈이 뒤집히는 남자. 갑자기 광기로 돌변한다.

**남 자**     이 미친년아!

미진을 덮치는 남자. 미진의 목을 조른다.

**미 진**     컥…!

그리고는 권총으로 미진의 머리를 사정없이 내리친다.

**남 자**     죽어! 죽어! 죽어! 죽어!

사방에 튀는 피. 그제서야 멈추는 남자. 정신을 차린다.
이미 얼굴과 머리가 피투성이로 변해 있는 미진.

**남 자**     (미진의 손을 부여잡으며)… 미진아….

간간이 숨을 할딱이는 미진. 거의 죽기 일보 직전이다.
이제야 사태를 파악한 남자. 주위를 둘러보고는 그곳을 피한다.
법당을 나와 산을 뛰어 내려오는 남자. 행여 누군가가 쫓아오기

라도 하는 듯 미친 듯이 뛰어 내려온다. 이때 남자의 등 뒤로 보이는 피투성이 미진.

**미 진**  뭐해? 빨리 도망가라니까. 왜 계속 암자를 빙빙 돌아?
**남 자**  헉!

깜짝 놀라는 남자. 뒤돌아보면, 아무도 없다.
어느새 절 입구까지 내려온 남자. 심호흡을 하고 정신을 차리는데 그만 기겁을 하고 만다.
자신의 군복이 온통 미진의 피로 범벅이다. 허겁지겁 군복을 벗어버리고는 남자.
다른 옷으로 갈아입는다. 자신이 세워 둔 차에 오르는 남자. 급하게 시동을 건다.
자동차 엔진 소리가 산에 메아리친다.

# 9

남자의 비현실.

운전 중인 남자. 차는 막힘없이 빠르게 달리고 있다. 차창을 열고
바람을 만끽하는 남자.

울리는 전화벨. 전화 받는 남자. 등장하는 김 대리

김대리     (심각하다) 과장님. 대체 어떻게 된 거예요? 회사 앞이시라
더니 지금 세 시간이 지났어요.

남 자     김 대리. 경치가 너무 좋아. 날아갈 거 같아.

김대리     어디세요, 지금?

남 자     미시령 넘어가고 있어. 바다가 보고 싶어서. 일하지도 않
고 떠나서 미안하네.

김대리     과장님… 지금 회사 난리 났어요….

남 자     김 대리. 여기 길이 꼬불꼬불. 코너 돌때마다 재밌어. 눈을
감고, (눈을 감는다) 핸들을 잡아 돌려. (핸들을 돌린다) 그러고
다시 눈을 뜨면, (눈을 뜨는 남자, 괴성을 지른다) 이야호!

전화 끊는 김 대리. 퇴장.

핸드폰을 차창 밖으로 던져버리는 남자.

남 자     나는 자유다! 이야호!

선루프를 여는 남자. 핸들을 놓고 선루프로 상체를 일으킨다.

바람이 강하게 남자의 얼굴에 나부낀다. 천천히 손을 들어 온 몸으로 그 바람을 맞는 남자.

이때 들리는 트럭의 클랙슨 소리. 남자는 순간 본능적으로 핸들을 꺾는다.

산비탈로 미끄러지는 남자의 차. 떼굴떼굴 구른다. 남자의 비명 소리.

**남 자**　으아아악!

한참을 구르던 차는 나무를 정면으로 들이받고서야 멈춘다.

정적.

얼마나 지났을까…? 주위는 어느새 어두워졌다. 간혹 들리는 들짐승 소리.

서서히 파란 달빛이 드리워진다. 여전히 의식이 없는 남자. 이때, 어디선가 들리는 인기척. 사방에서 조심스럽게 남자에게 접근한다. 달빛이 그들의 모습을 밝혀준다.

장발의 헝클어진 머리, 생식기만 가린 옷, 손에 들린 돌도끼, 까만 피부 하얀 이.

이들은 정말 고대 원시인들의 모습이다. 자기들끼리 중얼거리는 원시인들.

이윽고, 남자의 손발을 묶어 긴 막대기에 매달아 들쳐 맨다. 사라지는 원시인들.

암전.

잠시 후, 불 들어오면 마을 공터.

한 무리의 원시인들이 부상당한 원시인을 들쳐 업고 등장한다.

조심스럽게 바닥에 내려놓으면 찢기고 뜯긴 참혹한 모습의 원시인이 보인다.

모두 공포와 분노의 표정을 짓는 원시인들.

이 중 원시인이 슬픔을 가누지 못하고 부상당한 원시인을 어루만진다.

이때 등장하는 촌장. 모두들 촌장을 본다. 촌장은 나이가 들었고 화려한 장식을 했다.

부상당한 원시인을 살피는 촌장. 옆에 슬픔을 가누지 못하던 원시인이 간절하게 촌장을 보지만 촌장은 이내 결심이 섰다.


**촌 장**　(모두에게) 어버버! 으아아아!


그러자 분노와 탄식의 비명을 질러대는 원시인들. 슬픔을 가누지 못하던 원시인3은 더욱 오열한다. 이때 행동대장 격으로 보이는 원시인이 돌도끼를 들고 앞으로 나온다. 그리고는 신음하는 원시인의 목을 그대로 내리친다. 잘리는 원시인의 머리.

그러자 모든 원시인들이 마치 약속이나 한 듯 질서 있는 움직임을 보인다. 슬픔을 가누지 못하던 원시인은 재빨리 잘린 머리를 품에 안으며 어디론가 사라진다.

그리고 일부 원시인은 나무로 만든 큰 들통을 가져오고 일부 원시인들은 공터에 거대한 모닥불을 지핀다. 목이 잘린 원시인의 몸을 들통에 담고는 모닥불 위에 올린다. 활활 타오르는 모닥불. 목 잘린 원시인은 들통 안에서 익어간다. 그러는 동안 그들만의 의식을 치루는 원시인들. 춤을 추거나, 노래를 부르거나, 걷거나, 뛴다.

이윽고 시체가 다 익자 대장 원시인은 돌도끼를 들고 들통 안의 시체를 잘게 토막 낸다.

잘게 토막 난 시체 덩이를 하나씩 들고 먹기 시작하는 원시인들.

촌장도, 슬픔을 가누지 못하던 원시인도 어느 순간 나타나 토막 난 원시인을 먹는다.

이때, 남자를 들쳐 매고 들어오는 원시인들. 기절해 있는 남자를 바닥에 내려놓는다.

촌장 이하 마을 원시인들, 먹던 것을 멈추고 놀라 바라본다. 아직까지 의식이 없는 남자.

너무도 신기하게 남자를 바라보는 촌장과 원시인들. 그들의 표정이 진지해진다.

촌장이 신호를 보내자 원시인 한 명이 창으로 남자를 쿡 찌른다.

뒤척이는 남자. 깜짝 놀라 경계하는 원시인들.

더 세게 찌르는 원시인. 그러자 이번에는 뒤척이다가 정신을 차리는 남자.


**남 자**　(간신히 일어나 앉으며) 으….

온몸이 쑤시는지 이곳저곳을 주무른다.

고개를 뒤로 젖히며 목을 만지는데, 이때 원시인들을 발견하는
남자.

**남 자**  으아악!

**원시인들**  (덩달아) 아아아!

깜짝 놀라는 남자와 원시인들. 대치한다.

사이.

**남 자**  누구세요?

사이.

**남 자**  당신들, 누굽니까?

돌도끼로 경계하며 남자를 바라보는 원시인들.

**남 자**  내가 왜 여기에… 난 운전 중이었는데… 트럭을 피하려
고 핸들을 꺾어서… 그대로 난간을 들이받고… 기억이 안
나….

이쯤에서야 원시인들을 차분하게 바라보는 남자.

**남 자**  (황당하다) 당신들… 뭐하는 사람들이예요? 왜 그런 모습으로….

모든 원시인들, 촌장을 쳐다본다. 촌장, 앞으로 나온다.

**촌 장**  으… 아, 아, 으아…!

**남 자**  … 뭐라구요?

**촌 장**  으… 아, 아, 으아…!

당황하는 남자. 지금 이 상황이 이해가 안 된다.

**남 자**  (촌장에게 다가가며) 영화촬영 중인가요? 배우분들이세요?
제가 운전 중에 사고가 나서….

촌장에게 다가가자 흥분한 원시인들, 남자를 위협한다. 당황하여
뒤로 물러나는 남자.

**남 자**  아니요… 저기… 저는 단지… 말씀드릴 게 있어서….

촌장, 당황하는 남자에게 살짝 다가와서는 자세하게 들여다본다.
그리고는 경계를 풀고 원시인들에게 말한다.

**촌 장**  으아아… 어버버버버… 으악으악… 끄극 끄극… 으아아

어버버… (말하는 도중 촌장의 언어는 서서히 바뀐다) 으아… 무
어… 아… 무기… 없어… 돌도끼 없다…! 할멈부족 아니
다…! 착한 종족이다…!

그러자 원시인들 모두의 말투가 바뀐다.

**원시인1**  조심해야 된다! 언제 돌변할지 모른다!
**촌 장**  이빨 날카롭지 않다! 안 무섭다!
**원시인2**  (촌장에게) 어디 종족. 물어보자!

남자에게 조심스럽게 다가가는 촌장. 경계하는 남자.

**촌 장**  어디서. 왔냐?
**남 자**  ….
**촌 장**  이름. 뭐냐?
**남 자**  (좀 전 원시인의 말투로)… 어버버… 으… 아아아….

사이.

**원시인3**  말했다! 궁금하다…!
**원시인4**  무슨 말? 답답하다!
**촌 장**  (남자에게 조심스럽게) 이. 름. 이. 뭐. 냐?
**남 자**  (돌도끼를 가리키며) 으으으… 끄아끄아…!

촌 장    ?

원시인5   돌도끼! 관심 있다!

촌 장    (원시인2의 돌도끼를 들어보이며) 돌도끼. 궁금하냐?


순간, 자기를 공격하는 줄 알고 놀래서 뒤로 물러나는 남자.
같이 놀라는 원시인들. 사이.


촌 장    (돌도끼를 가리키며) 돌. 도. 끼.

남 자    ….

촌 장    이건. 돌도끼다.

남 자    ….

촌 장    (더 정확하게) 돌. 도. 끼.


사이.


남 자    도올… 도오… 끼이…?


남자가 따라하자 놀라는 원시인들.


원시인1   말을 한다!

원시인2   다른 말! 시켜보자!

촌 장    돌도끼. 사냥. (내려치는 시늉) 퍽! 퍽! 퍽!

남 자    ….

**촌 장**  (다시 정확하게) 사. 냥….

**철 수**  사… 냐앙…?

이번엔 박수까지 치면서 좋아하는 원시인들.

**원시인6**  우리 종족! 같은 종족이다!

**원시인7**  돌도끼! 만들어 주자! 사냥! 같이 하자!

**원시인8**  말을 한다! 잘 한다! 앞으로!

원시인 한명이 모닥불 위 들통에서 익은 토막을 하나 꺼내 남자
에게 건넨다.

**원시인1**  같은 종족! 같이 먹자!

마침 배가 고팠는지 남자는 원시인이 건네는 고기를 건네받는다.
순간 남자의 눈에 손가락이 보인다. 원시인이 건넨 고기는 손목
이었다.

**남 자**  으아아!

기겁을 하며 손목을 내 던지고 뒤로 넘어지는 남자.
손목을 다시 집어드는 원시인2.

원시인2    (손목을 건네며) 우리 종족이다! 먹어라! 같은 종족 먹는다!

**남 자**    (비명을 지르며) 으버버..! 으다다다…!


남자가 뿌리치자 원시인이 쥐고 있던 손목이 다시 바닥에 떨어진다.


원시인2    같은 종족! 땅에 버렸다! 화난다!


원시인2, 들고 있던 돌도끼로 남자를 내리치려 한다.
이때, 마을 공터 뒤쪽 언덕에 등장하는 할멈.
원시인들, 할멈을 보고 기겁을 한다. 모두 촌장의 뒤로 피한다.
백발이 성성하나 그 기개가 왠지 범상찮은 할멈.


원시인9    할멈이다. 괴물이다!

원시인10   할멈, 우리 잡아먹는다. 도망가자!

원시인11   들소 물어뜯는다. 무섭다!


언덕 위의 할멈과 대치하는 촌장.


**촌 장**    (큰소리로) 할멈! 다른 종족! 우리 같은 종족! (남자와 어깨동무하며) 같은 종족. 먹을 거, 우리 같이 먹는다!


사이.

**할 멈**    처음인가, 끝인가? 소멸인가, 생성인가? 미래인가, 과거인가….

이상하게 할멈의 말을 알아듣는 남자. 깜짝 놀란다.

**할 멈**    신기하군. 알 수가 없어. 허긴, 돌고 도는 수레바퀴지.

퇴장하는 할멈.
그러자 촌장은 몹시 흥분한다. 모두에게 명령한다.

**촌 장**    할멈종족! 데려와라! 죽이자!

촌장의 말에 모두가 환호성을 지른다. 약간 광기에 빠진 모습이기도 하다.
일부 원시인들, 어디론가 사라진다.
잠시 후, 여자 원시인을 끌고 온다.
그러나 다른 원시인들과는 좀 다른 모습이다. 얼굴도 하얗고 옷차림도 다르다.
현대인의 모습에 조금 가깝다.
이럴 수가! 그러고 보니, 그 원시인은 남자의 아내다!
파들파들 떨고 있는 아내.

**촌 장**    할멈! 왔다갔다! 할멈! 우리 먹는다!

**모 두**　먹는다!

**촌 장**　너는 할멈이 안 먹는다! 너는 할멈의 딸! 우리가 널 먹는
다! 맛있게 먹는다!

**모 두**　먹는다!


이때 들리는 남자의 고함소리.


**남 자**　어버버…!


느닷없는 남자의 고함에 원시인들 깜짝 놀라 쳐다본다.

아내를 보고는 입을 다물지 못하는 남자. 천천히 아내에게 다가
온다.

영문을 모르고 움츠러드는 아내.


**남 자**　(충격을 받은 모습으로) 으버버… 아아… 끄악 끄아? 으아아
버버!


놀라서 뒷걸음질 치는 아내. 아내가 자신을 못 알아보자 울부짖
는 남자.


**남 자**　으아아아! 으으… 어버버…!


이때 남자의 머리를 향해서 날아오는 원시인6의 돌도끼.

그대로 바닥에 고꾸라지는 남자. 암전.

잠시 후 불 들어오면, 움막 안.

원시인10, 11은 고기를 먹고 있다. 정신을 차리는 남자. 뒤척이
며 일어난다.

남 자     (머리를 만지며) 으… (그러다 불현듯 아내가 생각났는지) 아버
                버…!

주위를 살피는 남자. 남자와 눈이 마주친 원시인10, 원시인11.

그들의 입에 물려있는 고깃덩어리.

사이.

남 자     (흥분) 으, 으아아아…!

원시인10   (고기를 한 점 남자에게 건네며) 먹어라! 너 배고프다!

남자, 거칠게 숨을 몰아쉬며 뒤로 물러난다.

원시인10   사냥했다! 들소, 잡았다!

원시인11   먹어라! 맛있다!

남자, 그제서야 고기를 자세히 보니 사람이 아님을 눈치 챈다.

최대한 원시인들이 쓰는 말을 생각해 내려 애쓰는 남자.

**남 자**    하, 하알멈… 따알… 머어것냐아…?

남자의 어눌한 말투에 원시인들 피식 웃는다.

**원시인10**    할멈 딸! 너! 종족번식!
**원시인11**    달, (위를 가리키며) 뜨면 (섹스 흉내) 종족번식!
**원시인10**    고기! 많이 먹어라!
**남 자**    (방백) 종족번식…? 제길, 내 씨를 받고, 날 죽이려는 거야!

원시인10, 원시인11은 먹는 데에 정신이 팔려있다. 원시인10 뒤
로 보이는 묵직한 돌도끼.
천천히 자리에서 일어나는 남자. 원시인10이 그런 남자를 힐끔
보지만 별 상관 안 한다.
슬며시 돌도끼를 집어 드는 남자. 여전히 먹는데 정신이 빠진 원
시인들.
남자, 원시인10의 머리를 내리친다. 단숨에 뻗어버리는 원시인
10. 그 모습이 신기한 원시인11.

**원시인11**    사냥. 잘 한다! (원시인10 가리키며) 뻗었다!

원시인11 마저 내리치는 남자. 역시 쩍! 뻗는다.
주위를 살피며 움막을 나가는 남자. 여전히 미동도 없는 원시인
10, 원시인11.

잠시 후, 등장하는 원시인1. 널브러져 있는 원시인10과 원시인 11을 보고 놀란다.

소리를 지르며 퇴장하는 원시인1.

몽타주.

계곡을 넘고, 강을 건너 산을 달리는 남자. 남자를 쫓는 원시인 무리들. 그들 손의 돌도끼.

남자는 목숨을 다해 뛴다.

그 순간, 남자 앞으로 중학생 시절의 남자와 누나가

책가방을 머리에 이고 비를 피해 뛰고 있다! 깜짝 놀라는 남자.

**남 자**　(뛰는 걸 멈추고) 저, 저기….

그러나 중학생 누나와 남자는 저 멀리 사라진다.

그곳을 바라보는 남자. 그저 놀라울 따름이다.

이때 들리는 원시인들의 함성소리. 아 참, 쫓기고 있었지? 남자는 다시 달린다.

얼마나 달렸을까. 뛰는 걸 멈추고는 터질 듯한 숨을 고르는 남자.

이때 어둠속에서,

**소 리**　더러운 냄새가 나는군….

놀라는 남자. 보면, 낮에 보았던 백발이 성성한 할멈이 서 있다.

**할 멈**　　사람이 이곳에 오기는 처음이야.

조심스럽게 할멈에게 다가가는 남자. 할멈을 유심히 관찰한다.

**남 자**　　(다시 말투가 바뀌어서) 말을 하시는 군요. 원시인들과는 달리.

**할 멈**　　내가 할 줄 아는 게 아냐. 니가 들을 줄 아는 거지.

**남 자**　　…?

**할 멈**　　행색이 묘하군. 어디서 왔는가?

**남 자**　　제가 묻고 싶군요. 대체 여긴 어딥니까?

**할 멈**　　어떻게 이곳에 왔는지를 말해라. 그래야 여기가 어딘지 설명을 해주지.

사이.

**남 자**　　제가 운전을 하다가… 어떻게 설명을 해야 될지 모르겠네. 제가 사는 곳은 빌딩도 많고 차도 많고… 소위 문명이 발달된 곳이죠. 제겐 아들이 하나 있었어요. 근데, 죽었죠. 그 충격으로 아내는 목을 맸구요. 아내 발인을 마치고 아침에 출근을 하는데… 차가 엄청나게 막히면서… 그날 아침에 중요한 회의가 있었는데… 차가 너무 막혀… 도저히 회사를 갈 수가 없어서… 그냥 달렸어요… 바다가 보고 싶어서… 미시령 고개를 넘는데 바람이 어찌나 시원하던지… 그러다가 마주오던 트럭을 피하려고… 산으로 추락

했어요… 근데 깨어보니 원시인들이 있고… 이게 어떻게
된 일입니까?

사이.

**할 멈**     세상은 알 수 없는 일들로 가득하지. 설명할 수 없는 기이
한 일들이 너무도 많아.

**남 자**     그런데.

**할 멈**     ?

**남 자**     여기서 제 아내를 만났습니다. 자살한 제 아내를요. 틀림
없는 아내였어요.

**할 멈**     ….

**남 자**     어떻게 죽은 아내를 다시 만난 거죠? 여긴 또 다른 세상인
가요? 원시인들이 지금 그 여자원시인을 죽여서 먹으려
하고 있어요. 구해주고 싶은데… 잘 모르겠어요. 지금 이
게 꿈인지, 아니면 현실인지. 그 여자 원시인을 구하면 그
다음은 또 어찌해야 하는지.

사이.

**할 멈**     거대한 울림이 있었고 거센 비바람이 몰아쳤어.
물이 일어나 땅을 덮쳤고 고래가 숲을 헤엄쳐 다녔지.
칠흑 같은 어둠. 하늘이 깨지고 불꽃이 번뜩였다.

구름이 움직였지. 모든 건 얼었어. 그러다 녹았지.

바람과 물이 어울려 모든 것을 빨아들였다.

구름이 갈라지고 빛이 소생되고 꽃이 모습을 드러냈어….


사이.


**할 멈**  모든 결과엔 원인이 있다.

그 원인은 또한 그전 원인의 결과이지.

결국 원인이 결과이고 결과가 원인이야.

**남 자**  ?

**할 멈**  탄생의 결과는 소멸이다.

또한 소멸의 원인은 탄생이지.

땅은 탄생했다. 때문에 소멸되지.

그러나 다시 탄생한다. 소멸됐기 때문에.

탄생과 소멸이 원인과 결과가 되어 끊임없이 반복된다.

**남 자**  끝없이 반복된다…?

**할 멈**  (주위를 둘러보며) 이 모든 결과의 원인을 따지고 들어가라.

그럼 태초의 원인이 있겠지.

그 태초의 원인은 변하지 않는다. 태초니까.

그 변하지 않는 태초의 원인에 의해 똑같은 결과가 반복
되는 거야.

한 치의 오차도 없이 그대로.

모든 것은 변하지 않는 태초의 원인으로 생겨났고

때문에 변치 않는 결과를 반복하지.

**남 자**  무슨 말인지 잘 이해가…?

**할 멈**  우리의 삶도 반복의 반복일 뿐이다. 아무리 애를 써도 벗어날 수가 없다. 니가 지금 살고 있는 이 삶은 후에 또 다시 니가 살게 될 삶이다. 똑같이. 그건 곧 니가 이미 살았던 삶을 지금 똑같이 다시 사는 것이란 얘기와 같지. 결국 니 삶에는 미래도 과거도 없다. 그저 똑같은 반복일 뿐이야.

**남 자**  지금 무슨 소릴 하시는 겁니까. 제가 궁금한 건…?

**할 멈**  아이와 아내를 잃은 슬픔으로 지금 몹시 괴롭다? 그건 니가 이미 아이와 아내를 잃은 슬픔으로 괴로운 삶을 살았던 거고 또한 후에 니가 똑같이 겪게 될 삶인 거지.

**남 자**  뭐라구요? 그럼 내 아이는 열한 살에 죽는 삶을 반복하고 내 아내는 자식 잃은 고통으로 자살하는 삶을 반복한다는 건가요…?

**할 멈**  그게 진리야. 거부할 수 없지.

**남 자**  참, 말도 안 되는 곳에 말도 안 되는 얘길 듣고 있자니 말이 안 나오는군요.

남자는 비참해진다.

**남 자**  이곳으로 오다가 어린 시절의 저를 만났어요. 그때 알던 누나도 만났고. 이 누나는… (차마 죽었단 말을 못한다) 여긴 대체 어딥니까? 어떻게 어린 시절의 저를 만날 수가 있죠?

| 할 멈 | 태초의 원인이 창출한 것은 공간이다. 생성과 소멸을 영원히 반복하다보면 이 공간은 중첩될 수가 있지. 그 순간 그 공간 안의 모든 형상은 시간을 넘나들 수 있다. 니가 지난날의 너를 만날 수 있는 이유고, 또한 이곳에 올수 있는 이유야. |
|---|---|
| 남 자 | 중첩…? |

사이.

| 할 멈 | '아내'를 데리고 도망가라. 죽어서 먹히면 그것이 계속 반복되는 '아내'의 삶일 터. |
|---|---|
| 남 자 | 뭐하려요? 이미 살았던 삶이니 결과는 변하지 않을 텐데요. |
| 할 멈 | 결과는 변하지 않지만 그 결과가 무엇인지 우린 알 수가 없지. 니가 아내를 구하면 그것이 너와 아내가 살았던 삶이고 니가 아내를 구하지 못한다면 또한 그게 너와 아내가 살았던 삶인 거다. 선택해라. 너는 어떻게 하겠느냐? |
| 남 자 | …. |
| 할 멈 | 두 공간에서 똑같은 일을 당할 수는 없지 않겠는가? 어쩌면 '아내'가 네 아내를 닮은 것도 운명일 수 있으니… 동쪽으로 가라. 해가 뜨는 곳이니. |

할멈, 사라진다. 알 수 없는 울컥함에 빠지는 남자. 암전.
잠시 후, 불 들어오면, 움막 안.

아내에게 합방을 준비시키는 원시인4. 5. 그걸 지켜보고 있는 촌장.

**촌 장**　종족번식 해야 한다. 치장해라.

**원시인4**　머리. 이쁘다! 냄새. 좋다!

**원시인5**　옷. 갈아입었다. 깨끗하다!

흡족해 하는 촌장. 밖으로 나와 달을 본다.

**촌 장**　때가 됐다. 가자.

이때 허겁지겁 들어오는 원시인1.

**촌 장**　종족번식! 조용히 해라.

**원시인1**　도. 도망… 도망갔다….

**촌 장**　?

**원시인1**　도망갔다! 같은 종족, 도망갔다! 종족 번식, 못한다!

**촌 장**　이, 이, 이…!

갑자기 분노하는 촌장. 고함을 지른다.

**촌 장**　으아아악!

흥분하여 뛰쳐나가는 촌장과 원시인1. 상관없이 아내를 치장하는
원시인4, 5.
잠시 후, 움막으로 들어오는 남자. 원시인4를 돌도끼로 내리친다.
쓰러지는 원시인4.
남자를 보고 씨익 웃는 원시인5. 그대로 남자의 돌도끼에 맞아
뻗는다. 놀라는 아내.

**남 자**    (손가락으로 입을 막으며) 쉬잇….

진정하는 아내.

**남 자**    여길 떠나야 해. 안 그럼 죽게 될 꺼야. 날 믿어.

아내의 손을 잡고 움막을 빠져나오는 남자. 험준한 산속으로 도
망간다.
그들을 쫓는 촌장과 원시인들. 그들의 추격전.
아내의 손을 잡고 필사적으로 도망가는 남자.
긴 추격전 끝에 가까스로 촌장과 원시인을 따돌린 남자와 아내.

**남 자**    (가쁜 숨을 몰아쉬며) 따돌린 거 같아.

파르르 떠는 아내. 아내의 손을 다정하게 잡으며 안심시키는 남자.

| 남 자 | 내가 살던 세상에서 우린 부부였어. 장난꾸러기 아들도 있었지. 당신은 내 아내였어. |
|---|---|
| 아 내 | … 아… 에에…. |
| 남 자 | 난 당신의 남편이였구. |
| 아 내 | 나암… 펴언…. |
| 남 자 | (아내를 가리키며) 아내, (자기를 가리키며) 남편. 밥도 같이 먹고 잠도 같이 자고. |

웃는 아내. 사이.
아내를 안는 남자. 남자에게 안기는 아내. 마치 처음 포옹을 해보는 듯이.

| 남 자 | 계속 우릴 쫓고 있을 거야. 빨리 여길 벗어나야 돼. |
|---|---|

길을 재촉하는 남자. 그러나 앞은 절벽이다. 돌아갈 수가 없다.
어쩔 수 없이 좁은 절벽으로 조심조심 발걸음을 놓는다.

| 남 자 | 너무 좁아. 한치 앞도 안 보이는데. (손을 내밀며) 내 손 꽉 잡아. |
|---|---|

이때 발을 헛디뎌 떨어지는 남자.

| 남 자 | 으아악! |
|---|---|

가까스로 남자의 손을 잡은 아내. 절벽에 매달려 있는 남자.

남자의 무게가 아내를 심하게 압박한다. 안간힘을 다해 남자를 잡는 아내.

허나 역부족이다.


남 자    여보…!

아 내    ….

남 자    당신이 거기 있어서 다행이야. 우리 위치가 바뀌었으면… 그건 너무 가혹하잖아.

아 내    (얼굴에 돋는 핏줄)

남 자    꼭 살아야 돼. 멀리 도망가서 행복하게. 그래야 다음 생도 행복해… 이제 놔도 돼….


사이.

그 순간 '아내'의 모습에 아내의 모습이 오버랩 된다.


아 내    여보. 이제 그만 힘들어 해도 돼. 당신 탓이 아냐. 내가 이렇게 살았잖아. 이젠 아무걱정 하지 말고 활짝 웃어.


활짝 웃는 남자. 아내의 손에서 떨어진다.

절벽 아래로 낙하하는 남자.

암전.

# 8

과거. 남자의 대학생 시절.

봄꽃이 만발한 대학 캠퍼스.

오른쪽 벤치에 앉아있는 남자. 왼쪽 벤치에 앉아있는 미진.

잠시 후 등장하는 남학생.

**남학생**    (남자에게) 새 학교 새 학기야. 새 짝을 위해. 미팅 어때?

**남 자**    어…?

등장하는 여학생.

**여학생**    (미진에게) 새 학교 새 학기야. 새 짝을 위해. 미팅 어때?

**미 진**    좋아!

벤치를 집어 들고 이동하는 남학생과 남자.

벤치를 집어 들고 이동하는 여학생과 미진.

서로 가운데에서 만나 마주보고 있다.

**남학생**    파릇파릇한 새내깁니다. 여자를 위해서라면 물불 안 가리
는 돈키호테죠.

사이.

남자의 옆구리를 툭 치는 남학생.


**남 자**  아, 안녕하세요.

**여학생**  개나리도 울고 갈 봄처녀예요.

**미 진**  저희는 풍차에 갇혀 있지 않습니다.

**남학생**  으하하하하! (여학생에게) 그쪽이 마음에 들어요.

**여학생**  깔깔깔깔깔! (남학생에게) 눈은 높아가지구.


손을 잡고 나가는 남학생과 여학생.

미진과 남자, 둘만 남았다.


**미 진**  안녕?

**남 자**  안녕?

**미 진**  니가 마음에 들어.

**남 자**  나두.

**미 진**  지금부터 우리는.

**남 자**  연인.

**미 진**  걷자.


남자의 손을 잡고 일어서는 미진.

캠퍼스의 꽃길을 걷는다.

미 진    내가 어디가 마음에 들어?

남 자    날 마음에 들어 하는 거.

미 진    치.

남 자    내가 어디가 마음에 들어?

미 진    몰라.

남 자    몰라?

미 진    그냥.

남 자    그냥?

미 진    그냥 좋아.

남 자    생각해 보니까 나두 그런 거 같아.

미 진    뭐가?

남 자    니가 그냥 좋아. 이유 없이.

미 진    이유가 있을 거야. 우리가 찾지 못해서 그렇지.

남 자    그렇겠지? 어떻게 이유 없이 좋을 수가 있겠어.

미 진    어쨌든 니가 좋아.

남 자    나두.

미 진    키스해봤니?


사이.


남 자    아니.

미 진    키스하고 싶어.

남 자    나두.

천천히 남자에게 키스하는 미진.

**미 진**    달콤해?

**남 자**    글쎄.

**미 진**    키스는 달콤하대.

**남 자**    넌 어때?

**미 진**    모르겠어.

**남 자**    나두.

**미 진**    섹스해봤니?

사이.

**남 자**    아니.

**미 진**    나두. 해보고 싶어.

**남 자**    … 나두.

웃옷을 벗는 남자. 웃옷을 벗는 여자.

둘은 천천히 서로를 껴안는다.

잠시 가쁜 숨을 몰아쉬고는, 천천히 떨어진다.

벤치에 돌아서서 앉는 미진과 남자. 옷을 입는다.

**남 자**    미안해.

**미 진**    뭐가?

| 남 자 | 그냥. |
|---|---|
| 미 진 | 미안해하지 마. 싫어. |
| 남 자 | 알았어. |

미진, 남자의 품에 안긴다.

| 미 진 | 다음에 또 해보고 싶어. 섹스. |
|---|---|
| 남 자 | 내일 또 하자. 섹스. |
| 미 진 | 일주일에 한 번씩 하자. 섹스. |
| 남 자 | 한 달에 열 번씩 하자. 섹스. |
| 미 진 | 기쁠 때마다. |
| 남 자 | 슬플 때마다. |
| 미 진 | 짜증 날 때도. |
| 남 자 | 우울 할 때도. |
| 미 진 | 너무 많이 해서 잘 알아. 어딜 만져주면 좋아하는지. |
| 남 자 | 너무 많이 해서 능숙해. 좋아하는 곳 터치하는 게. |
| 미 진 | 사랑해. |
| 남 자 | 사랑해. |

이때 등장하는 학생들.
마스크를 쓰고 각목을 들었다.
그 속에 명탁. 구호를 외친다.

**명 탁**　　군부독재 물러나라!

**모 두**　　물러나라!

**명 탁**　　독재정권 박살내자!

**모 두**　　박살내자!


이때 무대에 떨어지는 최류탄. 연기로 자욱해진다.

기침을 해대는 학생들. 남자와 미진도 콜록콜록.


**명 탁**　　모두 들어라! 일단 캠퍼스로 후퇴한다! 저들의 최류탄은 우
리의 혁명을 막지 못할 것이다. 독재자들을 몰아내고 민주
국가를 재건하고자 하는 혁명의 동지들이여! 혁명의 투사
들이여! 민중이 주인 되는 진정한 나라, 노동자와 농민이 존
중받는 올바른 나라! 그날이 멀지 않았다! 새 시대를 함께
열고자 하는 그대 열정의 학우들이여! 나를 따르라!


함성을 지르며 명탁을 따르는 학생들.

미진, 남자의 손을 잡는다.


**미 진**　　뭐해? 새 시대를 함께 해야지?

**남 자**　　(멈짓) 어…?

**미 진**　　마음대로 해. 나와 함께 가든지, 그냥 이곳에 있던지.


미진은 남자를 남겨두고 데모행렬에 합류한다.

혼자 우두커니 서 있는 남자. 한동안 그렇게 서 있다.

결국, 미진 쪽으로 발걸음을 놓는 남자.

암전.

# 9

남자의 무의식.

따듯한 봄 햇살. 봄꽃이 만발한 야외 들판. 계곡물도 흐르고.

등장하는 남자, 아내, 아이. 남자의 손에 가득 들린 음식 바구니.

아내는 노란 양산을 들고 아이의 손을 이끈다.

행복으로 들떠있는 아내와 아이.


아 내   (손으로 해를 가리고 하늘을 올려다보며) 날씨 봐.


남자가 시선을 올린다.


아 내   비현실적이야.

남 자   날을 잘 골랐군.

아 내   꼭 햇볕에 취할 거 같아요.

아 이   햇볕이 술이야?

남 자   그 정도로 좋다는 뜻이야. 엄마 말은.

아 이   취하는 게 좋은 거야? 엄마는 우는데.

아 내   사람은 너무 좋을 때도 울어.

아 이   지금은 안 울잖아.

아 내   곧 울지도 몰라.

아 이   아빠도 울어?

**남 자**　　글쎄.

**아 이**　　나도 울어야지. 기분이 좋으니까.

**남 자**　　좋아?

**아 이**　　응.

**남 자**　　왜?

**아 이**　　아빠랑 같이 있으니까.

**남 자**　　그럼 전에는 왜 울었어?

**아 이**　　언제?

**남 자**　　아빠랑 같이 안 있을 때. 그때도 울었다며.

**아 이**　　그때는 슬펐으니까.

**남 자**　　이래도 울고. 저래도 우네. 우리 아들.

**아 이**　　엄마도.

**아 내**　　나도?

**아 이**　　이래도 울고. 저래도 울고.

**남 자**　　엄만 슬프기만 했어. 좋은 적이 없었지.

**아 내**　　지금은 좋아. 당신이 같이 있으니까. 가족이 같이 있으니까.

**아 이**　　나도.

**남 자**　　아빠도.

**아 이**　　햇볕이 우리 가족 모두를 취하게 만들었나 봐요.


남자, 아내 웃는다.


**아 내**　　(자리 한 곳을 잡으며) 여기가 좋겠어요.

**남 자**    그럴까?

풀숲에 돗자리를 깔고 그 위에 준비해 온 음식을 꺼내 놓은 남자.
아내와 아이도 돗자리 위에 앉는다. 먹음직스러운 음식이 어느새
한 가득이다.
마지막으로 붉은 포도주를 꺼내는 남자.
야외에 어울리지 않는 와인 잔을 들고 남자에게 건네는 아내.
남자, 잔에 포도주를 따른다. 붉게 채워지는 잔.
건배하는 남자와 아내. 들이킨다.


**남 자**    (아내에게) 당신 오늘 아름답다.
**아 내**    (하늘을 가리키며) 조명 덕.
**남 자**    행복해 보여서 좋아.
**아 내**    당신이랑 같이 있으니까.
**아 이**    (먹으며) 맛이 없어.
**남 자**    좀 전에 맛있다며? 벌써 상했나?
**아 이**    아니. 맛있는데, 맛이 없는 거 같아. 꼭 어디로 간 거처럼.
**아 내**    잘 찾아봐. 어디 있겠지.
**아 이**    아빠도 그랬는데. 항상 없는 거 같아. 꼭 어디로 간 거처럼.
**아 내**    이제는 아냐. 지금처럼 옆에 계실 거야.
**아 이**    맨날?
**아 내**    그럼.
**아 이**    (남자를 보며) 정말요?

웃는 남자.

아 내    소원을 말해 봐. 아빠한테.
아 이    그래도 돼?
아 내    그럼.
아 이    로보트 갖고 싶어요.

품안에서 로봇을 꺼내 아이에게 건네는 남자.

아 이    와!
아 내    더 말해봐.
아 이    더? (남자에게) 야구공 갖고 싶어요.

품안에서 야구공을 꺼내 아이에게 주는 남자.

아 이    와아!
아 내    또 말해봐.
아 이    오늘은 이 정도로 충분해요.
남 자    갖고 싶은 게 있으면 언제든 얘기해.
아 이    정말이요?
남 자    그럼. 이제는 아빠가 뭐든 다 해주께.
아 이    와. 신난다.

자리에서 일어나 주위를 뱅글 도는 아이.

**아 내**    조심해. 넘어져.

계속 도는 아이. 아빠 품에 안긴다. 아이를 안는 남자.

**아 내**    (아이에게) 아빠 힘들어. (손내밀며) 이리 와.

아내에게로 가는 아이.

**아 내**    자, 샌드위치 먹자.

아이에게 샌드위치를 건네는 아내.

**아 이**    엄마도.

아내도 샌드위치를 먹는다. 행복한 모습으로 샌드위치를 먹는 아
내와 아들.
이때 품 안에서 권총을 꺼내는 남자. 아내와 아이는 샌드위치를
먹다말고 남자를 본다.
총구를 자신의 관자놀이로 가져가는 남자. 눈물과 땀과 콧물 범
벅이다.
계속 남자를 바라보는 아내와 아들.

사이.

쾅! 하고 엄청난 굉음이 들린다.

암전.

# 에필로그

현재.

온통 밀려있는 서울 도심의 출근길. 시끄러운 자동차 경적소리.

사람들의 울음소리 비명소리. 멀리서 들리는 사이렌 소리.

두개골이 떨어져 나가 하얀 골수를 흘린 채 쓰러져 있는 남자.

그의 오른손에 쥐어져 있는 리볼버 권총.

조명, 천천히 아웃된다.


끝.

한국 희곡 명작선 96

# 중첩

초판 1쇄 인쇄일   2021년 11월 25일
초판 1쇄 발행일   2021년 11월 30일

지 은 이   이우천
만 든 이   이정옥
만 든 곳   평민사
　　　　　서울시 은평구 수색로 340 〈202호〉
　　　　　전화 : 02) 375-8571 / 팩스 : 02) 375-8573
　　　　　http://blog.naver.com/pyung1976
　　　　　이메일   pyung1976@naver.com
등록번호   25100-2015-000102호
ISBN　　　978-89-7115-810-4  04800
　　　　　978-89-7115-663-6  (set)
정　　가   9,000원

이 책은 사단법인 한국극작가협회가 한국문화예술위원회의 2021년 제4회 극작엑스포
지원금을 받아 출간하였습니다.